主编 凌翔 当代著名作家美文自选集

冷眼向洋看世界

陈鲁民 著

民主与建设出版社
·北京·

© 民主与建设出版社，2019

图书在版编目（CIP）数据

冷眼向洋看世界 / 陈鲁民著.—北京：民主与建设出版社，2019.12
ISBN 978-7-5139-2773-4

Ⅰ.①冷… Ⅱ.①陈… Ⅲ.①散文集—中国—当代 Ⅳ.① I267

中国版本图书馆 CIP 数据核字（2019）第 248102 号

冷眼向洋看世界
LENGYAN XIANGYANG KANSHIJIE

出 版 人	李声笑
著　　者	陈鲁民
责任编辑	周佩芳
封面设计	陈　姝
出版发行	民主与建设出版社有限责任公司
电　　话	（010）59417747　59419778
社　　址	北京市海淀区西三环中路 10 号望海楼 E 座 7 层
邮　　编	100142
印　　刷	唐山楠萍印务有限公司
版　　次	2020 年 1 月第 1 版
印　　次	2020 年 1 月第 1 次印刷
开　　本	710 毫米 ×1000 毫米　1/16
印　　张	13
字　　数	200 千字
书　　号	ISBN 978-7-5139-2773-4
定　　价	49.80 元

注：如有印、装质量问题，请与出版社联系。

目 录

第一辑　冷眼热风

世上什么东西更久远？　002
你是风儿我是沙　005
"出恭"与"出虚恭"　008
享受误解　011
含羞草与相鼠　014
"牛钉"的不同境遇　017
善待落魄人　020
和事业谈"恋爱"　023
出名趁早，发达宜晚　026
要成功，但不要太成功　029
幸福也会"过犹不及"　031
该计较与不该计较的东西　034
这辈子你至少要……　037

扼杀幸福的"秘诀"　040
平常日子平常过　042
平等与不平等　045
道理都是给别人讲的　048
得志不猖狂　050
精彩人生你要精彩地过　052

再给你"最后 5 分钟" 055
矜持是一种美德 058
这个世界上，有的人需要仰视 061

第二辑　思古幽情

想青史留名的人必读 066
名人的报复之心 069
"鸵鸟心态"亦有可取之处 072
够"雷人"的馊主意 075
最令人沮丧之事 078
"扮老"与"装嫩" 081
牛顿啥时候也成不了陶朱公 084
从汤恩伯的恩将仇报说起 086
名士脾气 088
秦少游过"情人节" 091
您知道阮步兵、柳屯田吗？ 094
朴实可爱的刘太公 097

第三辑　繁华素心

方言与文化 102
狮子搏兔 105
壮哉，陈汤 108
高雅是"装"出来的？ 110
总有一块自家的园子 113

由"妖精打架"说起　116
写多必失　118
善待早叫的"公鸡"　121
要吃"冷猪肉"先坐"冷板凳"　124
感谢"粉丝"　127
不说"鬼话"说"人话"　129
默多克也在仰望星空　132
赠书如嫁女　134

第四辑　世说新语

一闭一睁之间　138
领异标新二月花　140
人间最是留不住　142
"苏珊大婶"的笑傲王侯　145
小贝的"榜样力量"　147
我深切怀念一条狗　150
夸大"细节"作用很危险　153
章子怡的鼻子与赵薇的脸　156
"全球最幸福国家"的忧虑　158
英雄名士改行记　161
爱照镜子的男人　163
东坡居士的公众号　166
给吹牛者讲个故事　168

第五辑　萍踪偶记

5号搓澡工　172

病多不压身　174

每时每刻我们都是幸运的　177

遇到你是我的缘　180

洗手　183

苦夏　186

"小鲜肉"和"腊肉干"　189

情敌　191

几天没见　194

学会自荐　197

稀释痛苦　200

第一辑　冷眼热风

世上什么东西更久远？

　　世上什么东西能存留更久远？不知有多少人想过这个问题。

　　权势再大，最长也不过是二三十年，显贵们一旦下台失势，没了权把子，失了官帽子，很快就会被人遗忘，门庭若市变成门可罗雀，炙手可热变成无人问津。"陋室空堂，当年笏满床。衰草枯杨，曾为歌舞场。"昔日不可一世的董卓，气焰嚣张的刘瑾，权倾朝野的魏忠贤，颐指气使的和珅，当今曾呼风唤雨的大老虎周永康、徐才厚、郭伯雄等，不都是这个下场，这个路子吗？

　　财富可以略长久一点，但一般也不会长至百年，即所谓富不过三代。有钱时高朋满座，颐指气使，为所欲为，声名显赫。一旦财富耗尽，家道败落，奢华不再，"金满箱，银满箱，展眼乞丐人皆谤"，名声也很快会被人忘却，落了个"白茫茫一片大地真干净"。试想，历代那些富可敌国的首富巨贾，我们还记得住谁？

　　相比较而言，艺术的生命则要比权势财富久远得多。齐白石的虾图，已有百多年历史，现在是越来越火，动辄卖到上千万元一幅。莫扎特的音乐,问世已有三百来年,至今仍然是音乐会经典演奏节目,令人如醉如痴。达·芬奇的油画蒙娜丽莎,已有五百年高寿,却是法国罗浮宫的镇馆之宝,来自四面八方的旅游者必要一睹芳容而后快。敦煌的彩塑壁画,已存在千年,成为全世界关注的艺术奇迹。陆机的平复帖,是汉代产物,被珍藏在故宫博物院,距今一千七百多年,成为难得一见的书法国宝。

而思想比艺术要走得更远,影响也更大。老子的《道德经》问世已有两千五百多年,成为道家哲学思想重要来源,对传统哲学、科学、政治、宗教等产生了深刻影响。据联合国教科文组织统计,《道德经》是除了《圣经》以外被译成外国文字发布量最多的文化名著。孔孟儒学影响中国两千多年,至今仍是国人的精神财富,并日益走向世界。"一灯能除千年暗,一智能启万年愚",这就是思想的久远不竭之魅力,诚如国学大师陈寅恪给王国维墓碑题词所言"与日月齐光。历千万祀,与天壤而同久,共三光而永光。"

可见,做人处世,做官发财虽令人羡慕,有权有势有钱有物,显赫一时,但都难留之久远,往往会权亡人息,财去人忘,就像一个小石头丢进湖水,涟漪散尽,很快就无声无息了,甚至人还活着就被忘记了。而成功的艺术作品,则能世代流传,令人永志不忘,屈子赋,李杜诗,班马文,右军字,苏辛辞,悲鸿画,不都在一代代地流传,成为中国传统文化的瑰宝吗?而伟大的思想,如孔孟的儒学,老庄的道学,卢梭的主权在民思想,洛克的社会契约理论,伏尔泰的启蒙思想,更是改变了世界,改变了历史进程,奠定了现代社会的基本框架,功德无量,辉耀千古。

因而,搞艺术的人是有大福气的,不仅可以饶有兴趣地从事自己有创造性的工作,而且还有可能因一两件艺术作品的成功而不朽,如以《滕王阁序》流传千古的王勃,以《兰亭集序》而闻名于世的王羲之等。从事思想研究的人前途最远大,当然路途也最崎岖,成功的概率也最低,可能辛辛苦苦研究一辈子也没什么建树，但一旦能提出具有开创性的伟大思想，如孔孟老庄、希腊三杰、马克思、卢梭、伏尔泰等，那将彪炳史册，光夺日月。如果排个序，世上最实惠的是钱财，最显赫的是权势，最长远的是艺术，而比艺术更长远，影响更大的是思想！

当然，如果一个人多才多艺，精力过人，"上马斩狂胡，下马草军书"。文武昆乱不挡，既能当官理政，造福桑梓，又能写诗填词，著书立说，就像王安石，司马光；或既能带兵打仗，剿匪平叛，又能思想创新，独树一帜，如王阳明，那绝对值得点赞喝彩，多多益善才是。但古往今来这种范例少之又少，几百年也难出一个，属于典型的小概率事件，可遇而不可求。

你是风儿我是沙

曾在《读者》上看到一段文字："伟人改变环境，能人利用环境，凡人适应环境，庸人不适应环境。"细细品味，颇有几分道理，堪称至理名言。再联想起来，其实动物也是如此，恐龙适应环境能力不强，所以，别看它曾经是不可一世的庞然大物，环境一变化，它就无法适应，集体消亡了，留给我们一堆堆的龙骨。老鼠则是世界上适应环境能力最强的动物，无论严寒酷暑，高原沙漠，到处都有它们活动的踪影，它虽然貌不惊人，却是哺乳动物中数量最多的一种。

先说"伟人改变环境"，因为他们手里握有改变环境的巨大权力，可以动用根据自己的意愿，动员充分的人力、财力、物力来改变环境。譬如，"燕王吊死问生，与百姓同甘苦二十八年。燕国殷富，士卒乐佚轻战。"（《战国策·燕策》）这就是讲的改变环境。商鞅法行十年，"秦民大悦，道不拾遗，山无盗贼，家给人足。"（《史记·商君列传第八》）这也是讲的改变环境。滕子京谪守巴陵郡，"越明年，政通人和，百废待兴。"（《岳阳楼记》）还是讲的改变环境。这几位非王即相，最次也是个太守。咱一般老百姓，即便再有能力，再有想法，也得自知之明一点，就甭在改变环境上做文章了。

再说"能人利用环境"，也就是说，能人们善于审时度势，胆大心细，敢于冒险，变环境为己用，在同样的环境下，许多人默默无闻，平平淡淡，他们却能脱颖而出，一飞冲天。看看国内时下富豪排行榜上的那些位居前列的巨擘，大部分都是善于利用环境的"能人"，检看他们发迹的轨迹，其实就是一部成功在利用环境的历史。计划经济把每个人都捆得死死的，能人也能不起来，改革春风一起，能人们就闻风而动：环境允许长途贩运了，他们就广州、上海、北京满世界做生意，挣下了第一桶金；环境允许私人办公司了，他们的公司应运而生，成了国内第一批老板；环境允许企业独立外贸了，他们的触角又迅速伸向国外……"好风凭借力，送我上青云"。

我们绝大多数人都是凡人，面对环境，既无伟人改变环境的抱负与魄力，也无能人利用环境的精明与善变，那就要学会适应环境，不论是自然环境还是人文环境。生活在沙漠，你就得学会尽量节约用水，忍受风沙的肆虐；生活在高原，你就得适应高原反应，处处放慢节奏；生活在荒郊山野，就得忍受荒凉、寂寞，不太方便的生活条件；生活在闹市，你就得习惯噪音、污染、堵车、拥挤，在人山人海里找空间，在水泥森林里求发展。抱怨环境不好，也是人之常情，说完也就算了，出口恶气之后，还得去想方设法适应环境。

与环境格格不入的，那只好叫庸人，如果还硬和环境对抗叫板的，那就叫又笨又疯的庸人。看看左邻右舍，朋友同学，那些混得很差的人，除了能力因素外，几乎无一不是无法融入自己的生存环境，不适应环境的人。对于不如人意的环境，他们有屈原的清高，却没有屈原的决绝；有陶渊明的愤世嫉俗，却没有陶渊明的随乡入俗；有鲁迅的狂狷激进，却无鲁迅的通变达观。所以，同样的环境里，别人都能趋利避害，驾轻就熟，活的游刃有余，他却处处不顺，动辄得咎，活得疲于奔命，终日牢骚满腹，怨天尤人。

总之，一个人如果能摆正自己与环境的关系，正确地适应环境进而有效地利用环境，在任何环境下都能健康地生存，成功地实现自己的人生价值。反之，一味地抱怨环境，愚蠢地对抗环境，不去适应环境，就只会四处碰壁，走投无路，成为一个可怜的失败者。

突然想起电视剧《还珠格格》里的一句唱词："你是风儿我是沙，缠缠绵绵绕天涯……"环境是风，人是沙，顶不住时就只能顺从，随风沉浮。当然，如果你是沉甸甸的金砂，那又另当别论。

"出恭"与"出虚恭"

"出恭"与"出虚恭",我觉得这个题目比华中师范大学社会学硕士高建伟的毕业论文《关于屁的社会学研究》要显得更文雅端庄。

明代科考规定:考生内急,须领取"出恭"牌进厕所。后来,大家就不约而同将如厕称为"出恭",放屁自然就称为"出虚恭"。高先生的毕业论文就是研究出虚恭的,有无意义呢?网友们议论纷纷,见仁见智,吵得不亦乐乎。贬者斥之为斯文扫地,有辱学问,低级趣味,可笑之至;赞者称其为不落窠臼,特立独行,小中见大,接地气,说实话。

其实,"出虚恭"之研究并不算稀罕,也谈不上开创性,古代虽无专门论文研究,但也有不少说道,留下几多逸闻。昔日宫女入宫后,常会碰到三大困难:睡觉、吃饭和出虚恭。最怕的是当众出虚恭,轻者耳光责罚,重者乱棍打死,宫女也想出不少招数应对。不过,也有反其意而用之的,电视剧《如懿传》里,青樱为在选秀时不被三阿哥弘时选中为妃,吃了很多豆子,又喝凉水,故意当众出了个虚恭,被视为缺乏教养,因而成功落选,逃过一劫。

如今，关于"出虚恭"的研究则早已进入学术领域。新西兰、澳大利亚的科学家和学者研究牛"出虚恭"已有多年，相关论文著作不胜枚举。他们研究发现，牛屁里含有大量甲烷气体，全世界上亿头牛释放的甲烷气体是地球变暖的重要因素之一。因而，研究如何减少牛屁的甲烷含量，如何变废为宝，利用牛屁的甲烷气体发电，都成了环保科学的热门话题。可见这"出虚恭"也非小事，事关人类未来命运，轻视不得。

人们之所以习惯性地把研究"出虚恭"的话题视为低级趣味，就是因其污秽不雅，故而避之不谈，一窝蜂地去关注那些玄虚话题，张嘴三坟五典，动笔八索九丘，而这些研究大都沦为空谈务虚，毫无意义。比较起来，倒是古人更为达观务实，更脏更臭的"出恭"也被拿来说事，且有理有据，颇具影响。《庄子·知北游》记，东郭子向庄子请教：道究竟存在于何处？庄子说：道无所不在，在蝼蚁、小草、砖瓦、屎尿之中。严复《救亡决论》释之："以道眼观一切物，物物平等，本无大小垫久贵贱善恶之殊。"李鸿章的解释更巧妙，他问下属何谓枪炮抛物线，下属讲了一大通后，李仍不懂。下属急了，说："李中堂，撒尿就是抛物线啊！"李一下子就明白了，幽默地说："原来庄生'道在屎溺'就是此理啊！"

弗洛伊德说："人类诞生于屎尿之间，这是个悲剧性的事实"。所谓"出虚恭研究"与"道在屎溺"之说，除了比喻道之无所不在，可以小见大，以微见著，以低下见巍峨，以污秽见高洁，也有相当的现实意义。时下如火如荼的厕所革命即源于此理。我们要关心诗与远方，也不能回避吃喝拉撒，也要关心出恭文明。《左传》记：晋景公姬獳腹胀，如厕不慎跌进粪坑淹死。今天的茅厕当然没那么凶险夸张，但不够文明舒适方便也是普遍存在的客观事实。因而，学者们多写几篇实实在在的研究如何实现文明如厕的论文，远比那些高大上的空头文章要更有价值。是故，高建伟不仅凭借"出虚恭"论文通过硕士论文答辩，还被评为"优秀"，这并非那些评委都追求"低级趣味",而是他们有个基本共识,即使是在最低贱的事物中都有道的存在。

再换个角度来说,"出恭"即办实事,见真章,拿出黄金白银;"出虚恭"则是口惠而实不至,听起来声响不小,却不见实物。不论个人、单位、企业抑或政府,若老是说空话,不落实,光打雷不下雨,久而久之,最后势必遭受信誉危机,连放屁都不臭。倘若再出台个利好或政策,大伙也会哈哈一笑,嘻嘻,这厮又出了个虚恭!便一哄而散。

享受误解

世界上有些事需要忍受，譬如忍受痛苦，忍受失败，忍受失恋，有些事则是享受，享受爱情，享受成功，享受美食。还有些事介于两者之间，看你以什么心态来对待，积极面对，就是享受，消极对待，就是忍受。

有人喜欢热闹，寂寞对他来说是难挨的忍受；有人喜欢安静，寂寞对他来说就成了难得享受。有人好名，名气越大就越享受；有人害怕名声之累，常为盛名而烦恼。还有误解，被人误解本是难以忍受的事，但也有人能甘之如饴，视为享受。

一个叫布鲁克林的青年人就如是说：我虽然屡屡被人误解，还收获了许多莫须有的罪名，我的成就和事业也每每被看成是沾了父母的光，并不是自己的真本事。但我没必要和社会误解去较劲，需要做的事很多，与其把很多心思都放在为自己正名、消除猜疑上，不如把精力投放在更有益的事情上，用工作成就来消除他人对我的误解。当然，大家能给我更多理解会更好，但在不被理解的情况下，我也愿意去"享受误解"，人家因为重视你才会误解你，而误解往往是理解的必要前提。一个不到20岁的孩子，就因为是小贝与辣妹的儿子，屡屡被公众误解，他却能变忍受为享受误解，难得他小小年纪竟然有这般襟怀和豁达，确实令我们这些常为误解而烦恼的成年人汗颜不已。

误解，是生活中最常见的事。因信息不通畅，或因疑神疑鬼，几乎每个人都被误解过，无非是有的误解范围小，有的误解范围大；有的误解后来得到更正，有的误解则将错就错了。

"周公恐惧流言日，王莽谦恭未篡时"，就是被人误解，周公是被往坏里误解，说他想篡权夺位，王莽是被往好里误解，说他是一代圣人。这对周公来说自然是在忍受误解，度日如年；对王莽而言则是在享受误解，得意洋洋。好在还有时间来改变对两人的误解，没有出现"一生真伪复谁知"的迷局。

抗清名将袁崇焕，本来忠心耿耿，战功卓著，却被昏庸的朝廷和不知底细的民众误解，凌迟处死时，许多百姓分吃他的肉，以示仇恨。直到清兵入关后，大家才知道原来中了皇太极的反间计，把个顶天立地的大英雄误当成了里通外国的大汉奸。

余秋雨先生也曾被人"误解"，有人举报他给汶川地震的捐款是假捐款，各路媒体铺天盖地炒作，讨伐之声此起彼伏。对这次"误解"，不知道他是在忍受还是在享受。以他那样的道行，本来可以八风吹不动，任你们去误解，反正，清者自清，雪地里埋不住死孩子，早晚会真相大白。可惜，他的几次无力辩白弄巧成拙，"误解"之声反倒愈益高涨。

不过，别看余秋雨因被误解而不胜烦恼，咱普通百姓即便想被人误解，人家还没兴趣呢。能被公众误解的都是名人，这既是其烦恼，也是其荣幸，与其被动忍受不如变为主动"享受"。我因在业内小有名气，也曾被公众误解过，有人在一家小报上把我的写作批得一无是处，我不由得很无耻地窃喜，终于有人注意到我了，哪怕是恶攻、诬陷。这事要是放在余秋雨们身上,那不定要掀起多大的波浪呢,可惜在我这里,扑腾那么一下子就再没声音了。我给那家报纸老总打电话说,能不能再发几篇对我这个事讨论的文章,也显得热闹一些。人家毫不通融地回绝说,你的名气不够大,不值得浪费版面。想让人家误解都没有机会,失望之余,我真想喊两嗓子:向我开炮!

误解和被误解是社会常见现象,我们能做到的是,尽量尊重事实,认清真相,不误解别人,对别人的误解也不以为怪,若达不到"享受误解"那样的境界,至少可以做到"岂能尽如人意,但求无愧我心"。

含羞草与相鼠

陈毅元帅曾作过一首五言诗《含羞草》，诗曰："有草名含羞，人岂能无耻？鲁连不帝秦，田横刎颈死。"从含羞草对外界的特异反应说到人格操守与荣辱气节，以草讽人，言浅意深，所以虽然只有区区四句，却有振聋发聩之效。

倘若追溯起来，陈老总的《含羞草》与《诗经·相鼠》颇有些渊源，《诗经·相鼠》有云："相鼠有皮，人而无仪；人而无仪，不死何为。相鼠有体，人而无礼，人而无礼，胡不遄死。"两首小诗，一是赞植物，一是咏动物，形象生动，言简意赅，大有异曲同工之妙。

咱们的老祖宗是很重视羞耻感的，"知耻"更是中国文化人的传统美德。许由听了尧请担任九州长的话，感到很羞耻，要用泉水来洗净耳朵；伯夷、叔齐以当周朝子民为耻，不食周粟而死；管宁和华歆本是朋友，但华歆读书时三心二意，羡慕做官的华衣车仗，管宁视他为利禄之徒，耻于为伍，割席绝交；嵇康鉴于魏晋时吏治腐败，接到朋友山涛劝他出来做官的信，引以为耻，愤而书写《与山巨源绝交书》……

陈毅诗中的鲁连和田横这两位历史人物，更是令人钦佩。鲁连在秦军围攻邯郸时，虽然兵少将寡，却英勇无畏，怒斩前来劝赵投降的说客，激励将士决不屈服于强大的秦国，挽救了一座危城。田横在刘邦称帝后，率五百众逃居海上，宁肯全体引颈自刎，也不甘跪拜强权阶下。陈毅推崇他们敢于杀身成仁、决不苟且偷生的英雄气概，礼赞了中华民族自古以来知耻而后勇的高风亮节。

这个世界上无耻的人很多，如盗匪、流氓、无赖、骗子、贪官、卖国贼等，他们的无耻本在意料之中，套用诗人北岛的一句名言："无耻是无耻者的通行证"，他们就是靠无耻活在世界上的。老实话说，这些人的无耻并不可怕，谁也没有指望他们当"含羞草"，在民众眼里，他们本就是无耻之徒，社会渣滓，是全社会鄙视的对象，自有法律和正义之剑在等着他们。可专家学者、知识分子，学的是礼义廉耻，讲的是道德操守，在民众眼里是社会精英，道德楷模，"社会的良心"，如果连他们也纷纷变得无耻了，没羞没臊，厚颜无耻，这个社会就彻底堕落了。

毋庸讳言，时下，一些文化人的耻辱感确有淡化趋势，虽然看起来衣冠楚楚，道貌岸然，头衔桂冠一大堆，但看他们做的那些个事，实在是无耻之尤，愧立士林。弄虚作假，争名夺利，勾心斗角，骗取荣誉那些事且不说，就说这愈演愈烈的剽窃抄袭之风，就让人无法容忍。近来，媒体陆续曝光了几例教授、博导、作家、大学院长、校长、出版社社长、院士的论文、著作抄袭消息，这本是很无耻的事情，作为那些很有身份的文化人，应当无地自容，无脸见人，赶快引咎辞职，卷铺盖走人，从此销声匿迹。可是，人们看到的却是另外一种情形，"笑骂由你，博导、校长我自为之"，居然还恬不知耻地在主持工作，指导研究生，当评委，开讲演，毫无羞愧之意，感觉继续良好。不由得不让人叹息：这些人连相鼠都不如，脸皮真够厚的，堪称当代"厚黑"大腕。

近日，我在读季羡林和任继愈两位文化大师的著作，细想一下我们和大师的差距，除了学养、造诣、成就、德行外，还有一点就是"羞耻感"。季羡林以名不副实的冠名为耻，一辞再辞国学大师头衔，高风亮节，令人仰止；任继愈以"一事一识不知为耻"，勤学博识，所以终成文化泰斗。我以为，学习大师就应先学其"羞耻感"，效法其道德文章，因而，我们既要呼唤新大师脱颖而出，也要呼唤"含羞草"遍地盛开。

"牛钉"的不同境遇

拆迁中的"最牛钉子户",简称"牛钉",中国有,外国也有,性质都是一样的,作用也差不多,但最后境遇却大相径庭,或为喜剧,或成悲剧。列举一二,剖析论证,不无意义。

先说一个历史较早的德国"牛钉"。普鲁士国王威廉一世修建了一座王宫,他登高远眺时,视线却被紧挨宫殿的一座磨坊挡住了。"违章建筑"让他非常扫兴。于是派人与磨坊主协商,希望能够买下这座磨坊。不料磨坊主死不肯卖。几次协商,许以高价,可老汉软硬不吃。面对这样不识抬举的"牛钉",国王龙颜震怒,派人把磨坊拆了。第二天,老汉就把国王告上了法庭,判决结果居然是威廉一世败诉。判决他必须"恢复原状",赔偿由于拆毁房子造成的损失。威廉贵为一国之君,拿到判决书也只好老老实实遵照执行。

后来威廉一世和那个磨坊主都去世了,小磨坊主遇到困难,希望把磨坊卖给威廉二世,威廉二世回信说:"亲爱的邻居,来信已阅。得知你现在手头紧张,我深表同情。你说你要把磨坊卖掉,朕以为期期不可。

毕竟这间磨坊已经成为我国司法独立之象征，理当世世代代保留在你家名下。至于你的经济困难，我派人送去3000马克，请务必收下。"多少年过去了，直到现在，那个磨坊，德国司法独立的象征，代表了一个民族对法律的信念，仍像纪念碑一样屹立在德国的土地上。

再说一个发生在最近的美国"牛钉"。2006年，开发商希望84岁的梅斯菲尔德女士从一座建于1900年的两层小楼搬走，他们想在这里建一个商用大厦。根据评估机构测算，梅斯菲尔德的房子加地皮只值10万美元。然而，开发商几次提高报价，最后提到100万美元，老太太还是不搬。

最后，由于开发商无权强拆她的房子，地方政府也不帮忙，开发商只好修改图纸，三面围着她的小房子，建起凹字形的商业大楼。不仅如此，孤身一人的梅斯菲尔德还和商业大楼的工程项目主管马丁成了忘年交，并在去世后把房子留给了马丁，马丁又把房子卖给了地产公司老板格皮诺。皮诺把这栋房子做成了个项目，起名叫"信念广场"，他认为这个房子让每一个美国人思考自己的人生。只要花钱就可以"买下"房子的一块砖，在上面刻下你的信念和名字。

当然，即便是老外那里，也不是所有的"牛钉"最后都成了喜剧，闹成不欢而散的也不少。丘吉尔说："民主肯定不是最好的东西，但也绝不是坏东西，为了民主，有时候就需要作出其他一些牺牲"。在拆迁这种事情上，如果太讲民主法制，不来点强制手段，不搞点暴力拆迁，确实会影响拆迁效率，会产生形形色色的"牛钉"，还会影响建设大局，譬如在壮观巍峨的皇宫边上立着一座破旧丑陋的磨坊，在西雅图闹市区建起既不好看又影响容积的凹字形商业大楼。可是，民主与法制的神圣不可侵犯性，或许就是通过这样的象征来教育大家的，尊重民主法治的习惯就是这样熏陶出来的，有一两座磨坊立在那里，就会让人肃然起敬，不敢藐视民主与法制。

近几年，我们国内也发生了多起"牛钉"事件，不论是非曲直，大多数最后都是以"牛钉"屈服，房子被强行拆除而告终。我在想，这其中固有一些胡搅蛮缠漫天要价的业主，但更多还是因为觉得赔偿不合理而不肯妥协的业主，也有个别不论赔偿多少也不肯搬的业主。那么，我们能不能坚决依法保护那些不肯搬迁的业主，通过耐心的谈判博弈达到动员搬迁的结果，而不是动不动就断水断电、最后通牒，或进行暴力拆迁，造成矛盾激化，引发悲剧。退一步说，对于那极个别死活不肯搬迁的业主，为什么不能也像德、美国家那样，就在豪华闹市保留他一座破磨坊，旧民宅，也建立起我们的"信念广场"，那比建多少座高楼大厦都更有意义。果如此，我们可能就或多或少触摸到了民主法治的真谛了，尽管那确实很煞风景。

　　回顾历史，有时候，个人的境遇和抗争，或许会带来制度性的变革。大学生孙志刚之死，终结了收容遣送制度；农民工孙中界剁指，终结了"钓鱼执法"；"牛钉"们的力争，如果能使人们用现代法治文明眼光重新审视城市拆迁立法，那也是有意义的。

善待落魄人

读"打工皇帝"唐骏的《我的成功可以复制》，他讲了一个颇有点传奇色彩的故事。他刚去美国微软公司时，只是一个普通员工，他很尊重自己的高管，见面时热情问候，过节时发邮件祝贺，过生日时请她出来吃饭。后来风云突变，女高管被降为普通员工，原来对她毕恭毕敬的人都不理她了，只有唐骏还是一如既往，过去对她怎么样现在对她还是怎么样。生日请她吃饭时，她感动地哭了。两年后，出现奇迹，那位女高管被重新启用，而且升到了更高的位置。当微软准备在上海成立分公司时，唐骏与800人竞争总裁的位子，巧的是正好是那个女高管主管此事，于是，唐骏就毫无争议地脱颖而出，开始了他事业的第一步腾飞。

当然，唐骏当初能善待那位落魄的女主管，倒也不是预料到她后来还能咸鱼翻身，而只是出于他的淳朴本性和与人为善的性格，没想到他后来竟因此而跳入龙门，飞黄腾达。佛家常说"功不唐捐"，俗话的意思就是好人必有好报，毕竟古今中外势利之徒太多，能善待落魄人的又太少，好人唐骏就应该得到这样的回报。

再看看那些势利之徒的嘴脸吧,你得意时,他围着你屁股转,甜言蜜语,俯首帖耳像哈巴狗似的;你落魄时,他马上就翻脸不认人了,见了面白眼一翻,陌同路人,有的还落井下石,幸灾乐祸。春秋战国的苏秦落魄回家时,嫂子不做饭,妻子不搭茬,父兄皆白眼相对。后来苏秦大红大紫,携六国相印,威震天下,再衣锦还乡时,一家人那众星拱月、前呼后拥的巴结态度,真叫人恶心,世态炎凉一至于此。

三十年河东,三十年河西。人都有发迹的时候,也有落魄的时候,发迹的时候就不说了,要风有风,要雨有雨,周围全是谄媚嘴脸;落魄之时,门可罗雀,处处碰壁,昔日朋友、兄弟作鸟兽散,此时他最需要关心和尊重,需要安抚和同情,而这些并不难做到,只要稍微有点爱心,有点善意,就能使他感到人情温暖,社会美好,将来他一旦能东山再起,一定不会忘了你曾在他落魄时的关爱和善待。

韩信当初落魄时,吃不上饭,屡得漂母救济,后赠以千金相谢;伍子胥落魄时,走投无路,幸得老渔翁相救,伍子胥当上相国后,以官禄厚谢渔翁后人。古装戏里,也常有富小姐后花园赠金,资助落魄公子上京赶考,后来成为诰命夫人的喜剧,屡唱不衰。

最出名的被善待的落魄人,莫过于秦国公子异人。他被当成人质扔在赵国,姥姥不疼,舅舅不爱,可吕不韦却要赌一把,不仅善待异人,而且把他当成投资对象,不惜血本,大把花钱,还把自己爱妾送给异人当老婆。后来,异人当了秦国国君,对患难之交自然是感恩戴德,要啥给啥,就差和吕不韦平分江山了。所以,后人谈到吕不韦此举,褒贬参半,因为他的善待异人,铜臭气未免过重了一些,功利心未免太强了一些。

所以,我们善待落魄之人,绝不能出于功利之心的考虑,毕竟将来有无回报那是很靠不住的事,如果以此作为出发点,既降低自己的人格水平,也有点像个赌徒,虽然确实有可能会获利。善待落魄之人,首先是因为他和我们一样，是个有血有肉的人，而且还是个遇到困难出于逆境的人，极需要尊重、同情、救援。那么，不要管将来如何，不要问有无回报，我们都应雪中送炭，伸出热情援手，给他们心灵上的慰藉，物质上的支持，情感上的温暖。

"救人一命，胜造七级浮屠"；拉落魄人一把，善待他们，那功德也不小啊。这样的善事做多了，说不定你也会得到贵人提携，成为下一个唐骏。

和事业谈"恋爱"

在我看来,古今中外,大凡事业成功创造不凡业绩者,都有一种和事业谈"恋爱"的执著精神。他们对事业就像对热恋的恋人一样,全身心地投入,无限的热爱,十分的痴迷,经受了种种考验,战胜了一个个困难,最后,如愿以偿、欢天喜地地携得事业这个"绝色佳人"进入成功的"洞房"。

谈恋爱最忌朝秦暮楚,干事业也须"从一而终"。谈恋爱最忌讳脚踩两只船,变来变去,结果是哪一个也谈不成,要想恋爱成功,就必须一心一意地和一个伴侣相处。同样,干事业也不能见异思迁,这山望着那山高,动不动就跳槽,一不如意就换方向,改思路,这样的人永远不会成功。司马迁忍辱负重一辈子著书立说,徐霞客几十年如一日"游山玩水",达尔文终生研究"猴变人",梅兰芳一生演戏苦心钻研,乔丹全部心血都倾注在篮球上,马克思最后倒在书桌上,他们都是一辈子干好一件事,就像对热恋的恋人一样,忠心耿耿,始终不渝,所以取得了辉煌的事业成功,成了一代人杰。

谈恋爱要有痴情，干事业也得入迷。恋爱中的人无不痴情十分，一日不见如隔三秋，小有分离便茶饭不香，无精打采，天天泡在一起也觉得时间不够，如同得了"相思病"。而且"情人眼里出西施"，你是非我不娶，我是非你不嫁。干事业也得有这种痴情，对事业日思夜想，倾情投入，"为伊消得人憔悴，衣带渐宽终不悔"。发明飞机的莱特兄弟，一生和飞机谈"恋爱"，因而终生未婚，他们幽默地说，我们没有时间既照顾妻子又照顾飞机，所以只好割爱了。曹雪芹写《红楼梦》，实际上就是以生命和他的著作谈恋爱，虽然住的是"满径蓬蒿"，吃的是"举家食粥"；虽然"披阅十载，增删五次"，"字字看来皆是血，十年辛苦不寻常"，他却以苦为甜，甘之如饴。

谈恋爱要专心致志，干事业也要全神贯注。但凡是认真谈恋爱而不是游戏的人们，都会全力以赴，注意力都放在恋人的身上，关心恋人的一颦一笑，惦记恋人的一举一动；相反，心不在焉，忽冷忽热的态度，是很难恋爱成功的。干事业也要如此，必须心无旁骛，聚精会神，排除各种干扰，顶住各种诱惑，就像高度集中的激光光束一样顽强指向目标。著名科学家李政道就是楷模。他年轻时经常几天几夜不休息搞试验，曾创下一个月不出实验室的纪录，所以，成为诺贝尔奖得主也没什么奇怪的。就是耄耋之年的今天，他仍然没有停止研究工作，每天进行十几个小时的演算。他的方式是"随时工作"，累了睡上两三个小时，然后起来接着做，有时甚至拔掉家里的电话，专心于物理推演。李政道说他的生活中根本没有娱乐，"我没觉得什么苦啊，因为这就是我的生活方式"。

谈恋爱要冲破种种阻碍，干事业也要攻关不怕难。恋爱中的人们，往往要面临偏见、门第、舆论、金钱、年龄等重重障碍，但他们大都能勇敢抗争，冲破阻力，最后，有情人终成眷属。马克思和燕妮就是一例，他们两人虽然门第差异大，又贫富悬殊，相貌、年龄也不相称，家人不赞成，朋友不看好，但两人意志坚定，顶住种种压力，终于结成幸福姻缘。我们干事业，也得有这种不屈不挠、义无反顾的精神，不管有多大困难，不管有多少障碍，都不屈服，始终保持高昂的斗志和激情，把一个个困难踩在脚下，迎来胜利的曙光。袁隆平试验杂交水稻，王选发明汉字激光照排技术，翟志刚成为第一个走出太空舱的航天英雄，张艺谋成功导演北京奥运会开闭幕式，都是克服了重重困难，越过层层难关，愈挫愈勇，痴情不改，最终获得了成功女神的青睐。

所有渴望人生辉煌，事业成功者，都不妨听听我的建议：把事业当恋人，与事业谈恋爱。若能做到这个份上，你想不成功都难。

出名趁早，发达宜晚

张爱玲有句名言：出名趁早！这大致不会错的，因她主要说的是文化人，文化人是吃青春饭的，慢说人老珠黄，即便人到中年，就危机四伏了。我也有句非名言：发达宜晚！发达者，发财的别称，又比发财的内涵要丰富一些。发财，除了不义之财和意外之财，都需要一点一滴的积水成渊，一土一石的积土成山，时间短了可不成。所谓发达宜晚，不是我故意和"出名趁早"唱对台戏，而是阅人无数，饱经风霜后的人生感悟。

"发达"宜晚，就是说财富不是骤然突至，一夜暴富，而是经过几十年、大半辈子的打拼才积累下来的，就是"高筑墙，广积粮，缓称王"。既然来之不易，就会格外珍惜，不会一掷千金，不会暴殄天物，当省则省，能俭则俭。就像台湾经营之神王永庆，即便贵为台湾首富，仍一件衣服穿十多年，毛巾用破了才换，米粒掉桌子上捡起来吃掉。

"发达"宜晚，可保稳定扎实。财富之类，来之既易，去之也快，骤然大起者，势必会有大落。这些年来，见到太多年纪轻轻就突然发达，而后疯狂扩张，利令智昏，最后投资失败，负债累累，重回原点者。相反，那些人过中年才日渐发达者，既有商海沉浮的丰厚经验，又有人生成熟的沉着冷静，他们已不相信一夜骤富的神话，也不会因贪婪而盲目扩张，而是步步为营，稳扎稳打，不露声色地把事业推向前进。在其身上，不会再出现大红大紫的奇迹，也很难遭遇一落千丈的悲剧。

"发达"宜晚，还有一层意义。人到中年甚至晚年才慢慢变成巨富，知道创业之艰辛，感谢家人亲友的支持，加之性情日趋稳定，很少会再出现"男人一有钱就变坏"的现象，也不大会再有富贵易妻的举动，可保夫妻恩爱，家庭和睦。而那些富豪婚变，另结新欢，大多都是三十来岁便骤然暴富的青年"才俊"，因发达太早，心性浮躁，抵御不住灯红酒绿的诱惑，"温饱思淫欲"，寻求刺激，结果导致一个个家庭破裂，劳燕分飞。

"发达"宜晚，如有此思想准备，就会耐下心来，埋头苦干，用数十年甚至更长时间打基础，学经验，趟路子，摸门道，看起来似乎很慢，因为少走弯路，没有瞎折腾，最后算总账，速度并不慢。而且，由于循规蹈矩，钱来得清清白白，路走得堂堂正正，什么时候都不怕查，不怕罚。而那些梦想早早发达者，往往急不可耐，不择手段，不计后果，什么能快速致富就干什么，为此，不惜偷税漏税，走私贩毒，坑蒙拐骗，制售假冒伪劣产品等等，看起来发达很快，其实是财富泡沫，说不定什么时候就会东窗事发，受到法律严惩。

"发达"宜晚，还会惠及后人。暴发户虽然广有财富，却因为没有经历过长期创造财富的磨练过程，缺乏正确使用财富、合理分配财富、有效节约财富的智慧和意识，自己骄奢淫逸，对子女也娇惯纵容，任其恣意挥霍，往往养出纨绔子弟，走上富不过三代的老路。而发达较晚者，自己既知创业之艰辛，勤奋谨慎，节俭内敛，儿女也耳濡目染，为良好家风所熏陶，最终多成为杰出人才，青出于蓝而胜于蓝。李嘉诚的儿女个个成才，王永庆的后人兰桂齐芳，霍英东的儿孙后来居上，都是有力明证。

"发达"宜晚，当然不是清规戒律，况且凡事都有意外。如果年纪轻轻就碰上既正当合法又有益社会的赚钱机会，那也不要放过，先抓住机会再说。毕竟，不论商场还是战场，既有姜是老的辣的榜样，如纵横捭阖的股神巴菲特；也有英雄出少年的典范，像年轻得志的首富比尔盖茨。不论学谁都是好样的，关键是事在人为。

要成功，但不要太成功

要……不要太……，是我的生活哲学，可能会有人嘲笑我胸无大志，中庸平和，但我自我感觉很好，也获益匪浅。

要有钱，但不要太有钱。人一定要有钱，没有钱寸步难行，没有钱家无安宁，没有钱遭人白眼，没有钱是万万不能的。我的观点是，钱要够用且略有结余为最好，小富即安并不错。我特别不赞成的是，一说有钱就和比尔盖茨、李嘉诚们去比，那是自寻苦恼，自我折磨。如果有了太多的钱，即便是不会"一有钱就变坏"，你也根本用不了，只是一堆废纸，弄不好还要被人绑架，飞来横祸。

要成功，但不要太成功。人一定要有事业，要当成功人士，至少小有成就，否则就会觉得虚度年华，人生失败，别人也瞧不起。但不要太成功，因为，想要太成功，就要付出比别人更大的代价，花比别人更多的时间，太辛苦劳累，说不定还会积劳成疾，甚至英年早逝；而且，太成功者还易遭人妒忌，受人暗算，出头椽子先烂，木秀于林风必摧之。

要娶靓妻，但不要太靓。娶妻娶色更要娶德，有几分姿色，看着顺即可，所谓下得厨房，进得厅堂就行。太漂亮了，百里挑一，国色天香，养不起，管不住，又不放心，戴绿帽子的几率太高，既是经验之谈，也为统计学所证实。因为，美女娇娃，你喜欢别人也喜欢，觊觎的眼光遍布周围，一不留神就后院起火。石崇因绿珠而亡，吴三桂因陈圆圆而反，普希金死于此，武大郎摔在这儿，例子太多，举不胜举。

要精明，但不要太精明。人不精明，要被人算计，因为这个社会陷阱太多，骗子也不少，糊里糊涂的人，被人卖了还替人家数钱，所以，做人要精明。但大事精明，小事糊涂就行，如果太精明了，时时精于算计，处处工于心计，总想占便宜，从来不吃亏，不仅难与人和睦相处，有时候"聪明反被聪明误"，就像《红楼梦》里最精明的王熙凤，"机关算尽太聪明，反误了卿卿性命"。

要清高，但不要太清高。有几分清高，讲一点操守，可以使自己不甘堕落，远离庸俗，不去蝇营狗苟，钻墙打洞，如狗抢骨头似的去争那些身外之物，有别于名利之徒。但是，太清高了，一尘不染，给人不食人间烟火之感，就会"皎皎者易污"；且"水至清则无鱼，人至察则无徒"，阳春白雪，和者必寡，会让人敬而远之，少朋稀友。

要老实，但不要太老实。鲁迅说：老实，常是无用的代名词。我小时候极老实，别人一称赞这孩子真老实，爹妈就在一旁叹气：早晚要受欺负，没用处的货！成年之后，我对自己的要求是，法律面前要老实，科学面前要老实，亲人、朋友、同事面前要老实，该谦让就谦让；但是自己该得到的利益，就要据理力争，受人欺侮，也不能忍气吞声，不怕撕破脸，敢于硬碰硬。人有点血性和刚强，才能立身于世。

要世故，但不要太世故。懂点人情世故，少些书生意气，有点社会经验，就会对世相人心看得很透，能游刃有余地周旋于形形色色的人之中，免得上当受骗。但如果为人太世故，城府太深，八面玲珑，四处讨好，没有是非心，不讲耻辱感，装聋作哑，明哲保身，那就失之油滑，近乎市侩。一旦被人提起，不是"老油条"，就是"老滑头"，就像唐代那个著名的宰相"苏模棱"，那也实在混得不怎么样。

幸福也会"过犹不及"

能够拥有幸福生活是每个人的梦想,但是幸福是否越多越好呢?一项最新公布的心理学研究结果表明,获得太多的幸福并不一定就是好事,幸福也是过犹不及。据英国《泰晤士报》报道,一个心理学研究小组对193名志愿者的行为做出了分析,结果发现那些感觉最幸福的被调查者不一定生活得非常成功。研究小组指出:"我们虽然认为应当拥有超级幸福的生活,但是有时候也需要一些负面的情绪。"

人人追求生活幸福,但幸福也会过犹不及,幸福得无以复加,其实并不是好事。因为生活中如果甜得流蜜,会使人感到发腻,方方面面都太圆满了,没有一点缺憾,反倒让人觉得生活乏味,没有一点刺激。功成名就,高官厚禄,腰缠万贯,豪宅大院,健康长寿,安逸闲适,夫妻恩爱,儿女成材等等,都是人人追求的好事,是幸福生活的主要内容,但既不可能样样具备,事事圆满,也无须全面追求,十全十美,总得有所取舍,总要留有一点遗憾。"腰缠十万贯,骑鹤上扬州"之类,只是书生大话罢了。

前不久,我去河南省巩义市康百万庄园参观,建筑巧妙,规模宏伟,自不待言,然而,我更有兴趣的是大堂正中悬挂着的那幅《留余》匾,文曰:"留有余,不尽之巧以还造化;留有余,不尽之禄以还朝廷;留有余,不尽之财以还百姓;留有余,不尽之富以还子孙。"细细品之,觉得意味深长,颇含哲理,根子里也是说的幸福过犹不及之意。

过犹不及的幸福会使人感到麻木。幸福包括很多内容,有物质的,有精神的,真正的幸福是人们在追求幸福时的感觉,那种历经艰辛后获得成功的幸福,那种春种秋收播种耕耘后收获的幸福,如果没有了这些过程,无须奋斗就可以坐享其成,不要流血流汗就想要什么有什么,久而久之,人就会堕落成精神麻木,身体麻木,只会享受的懒汉,无所作为的酒囊饭袋。

过犹不及的幸福会使人退化。劳动使人进化,奋斗使人进步,对现实不满使人改革创新,如果幸福到无须劳动、奋斗就能衣来伸手,饭来张口,那其实是人的悲剧。八旗子弟就是典型,当初入关的八旗兵何其勇猛,所向披靡,可他们的子弟,因为享受到了太多的幸福,无须种田、做工、经商,什么都不干,就有朝廷给的一份吃不完的丰厚收入,当时叫"铁杆庄稼",正是这种超级幸福生活使八旗子弟急剧退化,最后成了一帮只会玩鸟逗狗的超级废物。

过犹不及的幸福也会使事业失败。古人说:生于忧患,死于安乐。是为历史一再证实的普遍真理。太安逸的生活,太无忧无虑的境遇,太舒适的条件,容易使人缺乏进取精神,无心奋斗创业,精神萎靡,斗志衰退,无论是一团体还是一家族乃至个人的事业,都很难永葆青春,持续发展。中国历来有"富不过三代"之说,就是最好的证明,即便是当代企业,能在三代人手里保持繁荣者也寥寥无几,原因也正是那些在蜜糖罐里长大的纨绔子弟很难接好父辈们的班。

当然,话也不能说绝了,我们工作奋斗,就是为了创造更多的幸福,享受更高质量的幸福，就全人类而言，幸福还是多多益善。所谓幸福过犹不及说，就是要求我们个人要懂得惜福，"生在福中要知福"，自己幸福也尽力帮助别人幸福，不去追求那些奢侈性的幸福，不要沉溺于幸福中而忘了奋斗进取。还有很重要一点，"福不可享尽，留几分给子孙。"从小处说，自家财产不要穷奢极欲，花光用光；从大处说，这一代人要给下一代人留有幸福的余地，切不要鱼捞完，树砍光，矿采尽，"白茫茫一片大地真干净"，那可就惨了。

该计较与不该计较的东西

　　人生在世，如果计较的东西太多，名利地位、金钱美色，样样都不肯放手，那就会如牛负重，活得很累；反之，什么都不计较，什么都马马虎虎，什么都可以凑合，那也未免太对不起自己，活得没啥意思。聪明的人，有生活智慧的人，会有所不为，只计较对自己最重要的东西，并且知道什么年龄该计较什么，不该计较什么，有取有舍，收放自如。

　　十多岁时，不再计较家里给的零花钱多少，不和别人家孩子穿名牌服装。少不更事，和人家比吃比穿，还情有可原，到了一个"整数"了，就该懂事了，前有神童孔融，后有才俊洪战辉，都是楷模。如果家计艰辛，穷人的孩子早当家，这个年龄的孩子已应该知道父母挣钱不易，纵不能"提篮小卖拾煤渣"，也不能再给爹娘添堵心事了。

　　二十来岁时，不再计较自己的家庭出身，不再计较父母的职业。十几岁时，会和别的孩子比家庭出身，比爹娘官大官小，恨不得都投生帝王之家，将相之门，也是人之常情。但如果到了"弱冠"之年，还弱不禁风，尚无自立之志，出身贫贱的还为家庭而自卑，老觉得抬不起头来；

出身豪富的还处处依靠父母，在家庭荫护下养尊处优，那就离纨绔子弟不远了，会一辈子都没出息。

三十来岁时，已成家立业，为父为母，有了几年家庭生活的经验，丈夫不再计较妻子的容貌，深知贤惠比美貌更重要，会过日子的媳妇比会打扮的媳妇更让人待见；老婆不再计较老公的身高，明白能力比身高更有作用，没有谋生能力的老公，纵然长成丈二金刚，还不如卖炊饼的武大郎。

四十来岁时，不再计较别人的议论，谁爱说啥就说啥，自己想咋过就咋过。人言可畏之类，吓吓二十世纪三十年代明星阮玲玉还成，如今的演员明星，一星期听不到他的绯闻、轶事，没有人对他议论纷纷，他就着急得火烧火燎的。咱们虽然没有明星那高深道行，但不会再轻易被别人的议论所左右，这点本事还是应有的，否则也对不起"不惑"这俩字啊！

五十来岁时，不再计较无处不在的不公平之事，不再计较别人的成功对自己的压力，不再觊觎他人的财富，不再当仇富的"愤青"。半百之年，曾经沧海，阅人无数，见惯秋月春风，历尽是非成败，不再大惊小怪，不再愤愤不平。看新贵飞扬跋扈，可不动声色，闻大款挥金如土，亦神定气闲，耐住性子，不难"看他宴宾客，看他楼塌了"。万物皆有定数，这一把胡子也不能白长了。

六十岁时，如果从政，不再计较官大官小，退了休，官大官小一个样，都成了退休老干部；如果经商，不再计较利大利小，钱是挣不完的，再能花也是有限的，心态平和对自己身体有好处；如果舞文弄墨，不再计较文名大小，文坛座次，毕竟"文无第一，武无第二"，只要心情愉悦，有感而发，我手写我心也就行了，"古来圣贤皆寂寞"，管他文学史说三道四。

七十岁时，人到古稀，不再计较的东西更多了，看淡的事情更广了。

年轻时争得你死我活的东西，现在只会淡然一笑，中年时费尽心机格外计较的东西，如今看来已无关紧要，一生多少事，"都付笑谈中"。但是不是什么都不计较了，那也不是，这个岁数的老人，我以为要有三样特别计较：健康的身体，和谐的家庭，良好的名声。至于别的东西，也就算了吧，谁爱计较谁计较去。

这辈子你至少要……

人生如梦，转眼就是百年。依我管见，一个人这辈子至少要干成几件像样的事，经历过几场风雨，受过几番磨难，有过几次灿烂，才算没有白活，才算活得有价值。

至少得失恋一次，不是那种无所谓的分手，而是"为伊消得人憔悴"的失恋，不是那种不痛不痒的"吹了"，而是撕心裂肺的失恋。经此痛挫，才懂得爱情的幸福与残酷，懂得如何珍重自己也珍重别人，才会珍惜来之不易的爱情，小心翼翼地经营自己的家庭。当然，若能一次恋爱便成功择得佳偶，那也是值得祝贺的事。

至少得上一回当，犯一回糊涂，办一两回错事。从来不上当的人，一世精明的人，事事设防，处处警惕，睡觉都睁着眼，那也活得太累。人非圣贤，或因轻信，或因幼稚，受一回骗，上一次当，被骗钱财，被骗感情，也没什么了不起，只要别一蹶不振。还增加了人生阅历，吃一堑长一智，知道了江湖险恶，人心叵测，以后就会少上当或不上当。

至少得让众人佩服一次。王勃，滕王阁上的一次大出风头，让众人佩服了上千年；杨利伟，中国太空第一人，让亿万华夏子孙为之骄傲且佩服。咱不和名人比，就是平凡工作，日常生活，也能有不凡表现，譬如，给灾区捐款你拔了个头筹，见义勇为你冒了一回风险，当一回英雄或准英雄，不声不响你研制出一件新产品，大伙都会向你祝贺，为你自豪。

至少得失败一回，最好是一败涂地，一辈子都忘不了，终生都是教训。曹操败于赤壁大战，刘备败于火烧连营，那才明白什么叫什么叫万念俱灰，什么叫兵败如山倒。咱升斗小民，没那么复杂，也不过是经商失败，赔个倾家荡产，高考失败，败得刻骨铭心，炒股失败，败得落花流水。但有了这么一回，走过背字，摔过跟头，东山再起时，就会格外小心谨慎。

至少得真心喜欢过一两样东西，达到痴迷的地步。王羲之喜鹅，李太白嗜酒，郑板桥爱画竹，贾岛喜炼句，苏轼好禅，米芾爱石，都成了名家美谈："书痴文必工，艺痴技必良"。就说咱平民百姓，工作之余，读书、看球、书法、绘画、收藏、旅游、棋牌、钓鱼、跳舞等等，你总得迷上一两样才好，倘若什么都不迷，什么都没兴趣，这日子也未免过得寡淡冷清了一些。

至少要倒霉过一阵子。人生有高山低谷，跌宕起伏，就像坐过山车一样，有起有落，甚至是大起大落。所以，人在某个时间，某个阶段，跌入低谷，陷入低潮，诸事不顺，都是很正常的，只要坚持不懈，必能度过难关，而其间的种种感受省悟，都会成为人生的宝贵精神财富。一辈子都顺风顺水、平平稳稳的人，即便有也很少，而且，那样的生活显得单调、乏味、浅薄。

至少要爆发一次。"爆发"，就是一个人在特殊时期，在极短的时间里，迸发出极大的能量，达到自己人生的高峰，一展平生所学，创作出一生最有代表性的作品，作出一生中最重要的贡献，就像油田的井喷一样，人生一世有这一回也就够了，或许也就是这一次爆发，你便昂然跻身于成功者的行列。

至少要当一回主角。主角是红花，配角是绿叶，我赞赏以大局为重干好配角的绿叶精神，但我不赞赏永远自甘绿叶而不求进取的心态，有了机会，干吗不争取当一回红花，当一次主角，扛一次大旗，"王侯将相宁有种乎"？人生苦短，如果我们不能在历史舞台上挑大梁，演大戏，叱咤风云，名震中外，也总得在生活中当上一两回主角，让历史的聚光灯也在我们的身上多少停留那么一时片刻。

有了这些"至少"，人生即便不是轰轰烈烈，也是有声有色。

扼杀幸福的"秘诀"

如今，大家都在千方百计研究幸福的秘诀，探讨怎么提高幸福指数，我却反其道而行之，要琢磨琢磨不幸福的"秘诀"。或问：人人都在追求幸福，难道还有人在想方设法怎么才能不幸福吗，是不是有病？你还别说，这种人真有，还不少哩，有人就生在福中不知福，有人就眼睁睁地往火坑里跳，有人就在硬生生地扼杀自己和他人的幸福，好像与幸福有仇。那么，这些人是怎样"成功"地扼杀了幸福呢，我看主要有这么几条"秘诀"。

要想把幸福赶出门外，你首先要懒惰。夜里打牌到深更，早上睡到日上三竿，地里庄稼长成啥样是啥样，圈里的猪爱长不长，酱油瓶倒了都不扶，没钱了，四处借，缺粮了，等救济，账上只出不进，坐吃山空。幸福就会吓得离你远远的，听见你的名字就害怕。

要想与幸福绝缘，你务必要嫉妒。见谁比你富，就把一双眼瞪红，恨不得看他立时倒霉，家破人亡；瞧谁比你强，就想办法把他整倒，再踏上一只脚，让他永世不得翻身。心里就这样整天酸溜溜的，气鼓鼓的，再加上一肚子的阴火狠招，见谁跟谁来，幸福哪还敢沾你的边呀。

要想和幸福决裂，你还要善于猜疑，想象丰富。老公本是晚上去加班了，你得猜疑他去找情妇了；老婆和邻人多说了两句话，你得猜疑他们两个必有奸情；孩子长得不那么像你，就怀疑是不是隔壁老王的"种"。然后疑心生暗鬼，反复酝酿发酵，终于忍无可忍，回家就大吵大闹，甚至大打出手。几个回合下来，任是多幸福的家庭，也会土崩瓦解。

要想驱逐幸福，贪婪也少不了。本来家境不错，幸福小康，衣食不忧，却不知足，贪得无厌，还想富上加富，走发财"捷径"，因此去偷、去抢、去巧取豪夺、去贪污受贿，一旦东窗事发，锒铛入狱，身败名裂，财产没收，全家蒙羞，"你的幸福鸟"就从此一去不回。

要想以最快速度告别幸福，那就挥霍奢侈。这虽是传统套路，但灵光得很，可挥金如土，花天酒地，可比阔气，斗排场，打肿脸充胖子。果然如此，任你是金山银海，也经不起如此折腾，三五个回合下来，就能把家产败个干干净净，把幸福打得东逃西窜。

如果幸福已经来了，美妻娇子，天伦之乐，把你腻得实在受不了，那还不好办，来点婚外情就全解决了。你可以包二奶，可以找小蜜，只要外边"彩旗飘飘"，就不愁家中"红旗不倒"。反正纸包不住火，只要这事一败露，家中起火，后院大乱，妻离子散在所难免，幸福终于被你赶出家门。

当然，要想不幸福得更彻底，更迅速，你还可以去赌博，去吸毒，纵有亿万家资，金山银山，也耗不了几个春秋。届时，倾家荡产，人也成了废物，"白茫茫一片大地真干净"，幸福更是无影无踪，杳如黄鹤。

世界之大，无奇不有。追求幸福是人的本性，没有谁真和幸福有仇，但却总有人在有意无意地破坏他人和自己的幸福，执迷不悟，花样翻新，可恶且可悲。好在这世界上正常的人还是多数，因而我祝愿追求幸福的人排成无边长队，破坏幸福的人越来越少，我这"精心"研究出来的不幸福的"秘诀"也永远没有市场，没有销路，胎死腹中。

平常日子平常过

人生一世，草木一春，活法各异，千差万别，但综合起来，大体上也无非这么几种活法：平常日子平常过，精彩日子精彩过，平常日子精彩过，精彩日子平常过。

先说平常日子平常过。粗茶淡饭，矮屋低檐，日出而作，日落而息，养家糊口，安贫乐命，既不存发财奢望，也不做白日梦，既不怨天尤人，也不胡乱攀比。几十年光景，平平稳稳，无声无息，转瞬即逝，普通百姓大都是这么过的。

再说精彩日子精彩过。锦衣玉食，鲜花烹油，住高楼豪宅，食山珍海味，穿绫罗绸缎，行有骏马华车，秋品螃蟹，冬赏腊梅，日日胜似元宵，天天都是过年。且有大名高爵，德高望重，来往皆高士，出入无白丁，此乃一些显贵们的生活轨迹。

这前两种日子都好过，因为自然而然，不足为奇，无须刻意追求，生就是这个条件，不想这么过也不行。贾府的茄子就是那么复杂的吃法，而不论刘姥姥是否大惊小怪，人家银子花得像水淌一样的盛况还更惊人呢。而曹雪芹尽管"满径蓬蒿","举家食粥",连"平常日子"都算不上,可他也没有大骂世道不公,老天瞎眼,依旧著书不辍,苦中求乐。

难的是后两种日子的过法:平常日子精彩过,精彩日子平常过。因为这两种过法逆常情,反常态,与众不同,特立独行。而正因为其不屈服于命运,不沉溺于奢华,往往可见人之风骨、操守,可炼人之精神、境界,大凡志士仁人,英雄贤达,都是这么磨砺而成。

且说精彩日子平常过。古往今来,膏粱子弟多难成材,就是因为沉溺于太优裕的生活,养尊处优,声色犬马,四体不劳,五谷不分,过于精彩的物质生活腐蚀了他们的理想和斗志,祖辈留下的巨大财富,又使他们的谋生能力严重退化,所以就有一句老话"自古纨绔少伟男"。那么,如果"不幸"生活在这样的家庭中,要想不在温柔乡里变成废物,不在"销金窝"里打发人生,就必须做到"富贵不能淫",尽管能享受到优越的物质生活,并不沾沾自喜,四处炫耀,而把精神追求放在更高位置,同时还要有一些危机意识,忧患意识,创业意识,不躺在父兄的坐享其成。

最难的是平常日子精彩过。陶渊明不为五斗米折腰,毅然辞官回家,耕读为生,虽终日劳累,饭蔬粗杂,但心情舒畅,日子过得很精彩,"采菊东篱下,悠然见南山"。诸葛亮出山前,躬耕南阳,虽为山野百姓,春种秋收,不胜辛苦,但耕作之余,吟诗作赋,抚琴高歌,呼朋唤友,高谈阔论,其精彩程度并不逊于他后来的军师生涯。

左宗棠虽为一落第举子,却"身无半亩,心忧天下;读破万卷,神交古人。"其精神生活之丰富多彩,学养之丰厚,人格之强健,震动朝野,以至于当他还仅仅是个普通师爷时,市井就流传一句名言:"国家不可一日无湖南,湖南不可一日无左宗棠"。

毛泽东当年在湖南长沙求学,是身无分文,心忧天下。虽然穷得连双鞋都买不起,却"指点江山,激扬文字",结社团,求真理,练身体,磨意志，平常之极的日子让他过得精彩之极。

  精彩有两种意义，物质上的精彩和精神上的精彩。如果说物质上的精彩，可能受种种条件限制，一时不容易达到；那么精神上的精彩，只要我们愿意，只要努力去做，再平常的生活，也能活出精彩，这就是所谓"境由心造，事在人为"。既然人生只有一次，为什么不把日子过的有滋有味，有声有色，过得精彩一些呢？

平等与不平等

大千世界，人海茫茫，人与人之间的不平等是始终存在的。任何形式的不平等都是表现在一定的空间和时间，其实，不平等是很有限的，可是我们感觉到的不平等却要严重得多，因为那往往是被自己反复咀嚼，无限放大，不平等就变得很沉重了。

人平均每天要睡八个小时，世界上所有的人至少在这三分之一的时间里是平等的。睡着之后，人其实就和死去差不多，这个时候，皇帝和平民，明星和粉丝，老板和雇员，上峰和下司，几乎是完全平等的，呼噜是一样的响，睡眠是一样的香甜，最多是做的梦不一样。

人吃五谷杂粮，难免会有病魔缠身，面对疾病大家也基本是平等的。谁生病都会痛苦，谁打针都会疼，住在豪华病房里的呻吟并不比住在简易病房里的呻吟更动听。如果不幸患了不治之症，不论是谁，有再好的药，再高明的医生，结局都是一样的。人们喜爱的影视明星傅彪，深得民望的爱国事业家霍英东，身患绝症后，虽然进行了最好的治疗，同疾病作了顽强抗争，终于无力回天。

面对死亡更是绝对平等的。"人固有一死",再穷困潦倒,再地位低下,最后也不过一死;再富甲一方,再声势显赫,同样也挡不住死神的降临。《菜根谈》说得精彩:"富贵的一世宠荣,到死时反增了一个恋字,如负重担;贫贱的一世清苦,到死时反脱了一个厌字,如释重枷。"而且,据说富人死后想进天堂比牵骆驼钻针眼还要难。

面对一般消费也是大体平等的,不会因为你特别有钱就特别能吃,比别人长一个更大的胃;也不会因为你有特别大的豪宅,就一个人能睡几张床;坐飞机豪华舱固然神气,但并不比坐经济舱早到一分钟;泰坦尼克号一触礁,不论老板仆人,贵妇丫头,大家一起玩儿完,也很平等。据说慈禧太后一餐常要摆上一百个菜,她也就是看看而已,望菜兴叹;远不如《红楼梦》里进大观园打秋风的刘姥姥胃口好:老刘老刘,一顿饭能吃头牛。

我们呼吸到的空气是平等的,都市里的污染空气绝不会到了富人区就驻足不前;看到的明月朗星是平等的,不会因为你是上等人就对你格外皎洁,笑脸可掬。到海滩晒太阳是平等的,太阳照在穷困渔夫和亿万富翁身上的感觉,不会有什么区别;面对沙尘暴的光临是平等的,铺天盖地无孔不入的沙尘暴一来,大家都难以幸免,只好共同"享用",一个个都闹得灰头土脸的。

美女和丑女的不平等,从空间上说,也就是表现在公共场合,回到家里只好自我欣赏了;从时间上说,大约也就是十多年光景。美女靠脸蛋闯世界,干不好咱嫁得好,不是阔太太就是贵夫人;丑女则靠本事打天下,嫁不好咱干得好,一不留神就成了专家、老板。可谓各有千秋,难分高下。一旦老了,都是一脸皱纹,满头白发,相比较而言,美人迟暮反倒更痛苦一些。

可见,事实上的不平等远不如我们心理感受到的不平等那样严重,关键是我们总是对那些事情耿耿于怀,念念不忘。一分钟的不平等,可以让我们想上一年；一件小事上的不平等，可以让我们记上一辈子；白天在班上遇到的不平等，晚上会被我们带回家中；一个人遇到的不平等，会散播给我们的每一个亲友，这就让我们始终生活在不平等的阴影中，自己给自己找不痛快。

不平等是客观存在的，达观者的态度是，能抗争则抗争，不平则鸣，不平则争；无法抗争的，我们还可以想办法淡化它，漠视它，以减少它的杀伤力。无论如何，不要把那原本有限的不平等扩大到无限的空间和时间里。

道理都是给别人讲的

　　于丹老师在讲《论语》时又讲到了那个不知被大家讲了多少遍的故事：老和尚与小和尚下山化缘，遇到一个姑娘在河边发愁，老和尚就主动背姑娘过了河。又走了二十多里后，小和尚还是没有忍住，问：师傅，出家人不是不近女色吗，您怎么能背那女子呢？老和尚回答说：我早就放下了，你怎么还背着呢？这个故事我在大学课堂上也多次讲过，还写成文章去教育别人，但说句老实话，不知于老师是否做到言行一致了，我是一直有很多事情放不下来，甚至包括几十年前的事情至今还耿耿于怀，就像那个小和尚一样。只能自叹一声：道理都是讲给别人听的。

　　英国著名科学家、哲学家培根，在《培根随笔》中，对人的嫉妒心理剖析得多么深刻，批判得多么尖锐，道理讲得多么令人信服，可是一轮到他自己，照样是嫉贤妒能得两眼发红，为了战胜对手，获得权力和爵位，他干了不少出卖朋友、陷害同僚、欺上瞒下、贪污行贿的丑事。无疑，培根是一个哲学巨人，思想大家，同时也是一个道德矮子，品格残废，他的天花乱坠的动人道理，都是讲给别人听的。

抗战时期，一个美国女记者在重庆采访宋美龄，酒足饭饱后，女记者习惯地拿出一支香烟，可是她突然看到饭店墙上贴的宣传抗战标语：大家都不吸烟，省下每一分钱来支援抗战！就不好意思地把烟收起来了。宋美龄若无其事地对她说：抽吧，没关系，那些道理都是对老百姓讲的。正是因为在宋美龄等一班权贵眼里，支援抗战的道理，无非是拿来骗骗老百姓，当不得真的，所以才会在国统区出现"前方战事吃紧，后方酒肉紧吃，前方有啥吃啥，后方吃啥有啥"的咄咄怪事。

我认识一个很有经验的心理咨询师，从业多年，曾经为很多人治愈过心理疾病，在我生活的这个城市里小有名气。可是，前不久我听说她也得了抑郁症，已病休在家，起因就是因为她的儿子、儿媳闹离婚，把她最心疼的小孙女判给了儿媳妇。一个讲道理能给别人治病的人，却给自己讲不通，因为她的道理固然可以讲得很熟很好，却不是发自内心的自己也相信的东西，不过是一种工作的工具而已。

还有那些股评人，要听他讲炒股的道理，那真是一套一套的，高明得很，其中很重要一条就是炒股不能贪，见好就收，因为谁也不可能买到最合适的那个点。可要让他自己来操作，照样会因为贪心而被套牢，道理只能说服别人，轮到自己就不灵了。

至于某些天天讲大道理教育别人要清正廉洁，要"拒腐蚀，永不沾"的领导干部，可能白天在台上把道理讲得慷慨激昂，义正词严，苦口婆心，令人动容，晚上就干起贪污受贿中饱私囊的罪恶勾当。他讲的那些大道理，自己根本就不信，只不过是用来骗人、唬人的，不过是照着秘书写的稿子念念罢了。

人要讲道理，更要信道理，只讲不信那无异于自欺欺人。善于讲道理的人一般有三个层次，一是能把道理讲清楚，能自圆其说；二是能用道理说服别人，开导别人；三是既能以理服人，也能用道理说服自己，实践自己讲过的道理，这是最高层次，也是最难最难的啊！

得志不猖狂

得志，就是志得意满，达到了自己的奋斗目标。就是用正当或不正当的手段拥有了名、权、钱等让人垂涎的东西，功成名就，出人头地。

无论古今中外，男女老少，都希望一朝得志，好梦成真，只不过志的内容不同罢了。朱元璋得志，是九五之尊；韩愈得志，是文坛领袖；黄三泰得志，是称霸武林；和珅得志，是富可敌国。即便是街头措大，也不甘人后，《笑笑录》记，两要饭花子百无聊赖，相与言志。一花子说：他日若得志，我是吃了就睡，睡了再吃。另一位说：我是吃了又吃，吃了再吃，哪还有功夫睡觉呢。好笑固然好笑，也使人不无心酸，叹一声：鸿鹄安知燕雀之志？

人各有志，抱负不同，互相不以为然，也是常事。黄巢是落第举子，在考场很不得志，就另辟蹊径，志向转移，"他年我若为青帝，报与桃花一处开"，一旦得志，"冲天香阵透长安，满城尽带黄金甲"。就这样，郁不得志的郓城小吏宋江还瞧他不起，酒后在浔阳楼上题诗曰："他日若遂凌云志，敢笑黄巢不丈夫"。刘邦得志后，风风光光回老家去炫耀，自鸣得意，不可一世，却被元人睢景臣在套曲《高祖还乡》里讽刺得灰头土脸，狼狈不堪，更被诗人阮籍挖苦为"时无英雄，使竖子成名。"

最可喜是少年得志。王勃，才华横溢，二十出头就写下了千古不朽的名篇《滕王阁序》；周瑜，雄姿英发，刚当新郎官不久，便指挥了堪称战争史上奇迹的赤壁大战；江淹，少时即才华出众，被人视为神童，《别赋》《恨赋》传诵一时，洛阳纸贵。今日而言，行行业业更是"英雄出少年"，就说体育界吧，伏明霞，小小年纪就名满天下，拿遍各大赛事金牌，退役时才二十出头；丁俊晖，才十七八岁就纵横驰骋世界台球界，屡屡把名将大师斩于马下；中国跳水队、体操队，更是小丫扛大旗，少年竞风流。

最可怕是小人得志，不仅会趾高气扬，牛皮哄哄，得意忘形，不知天高地厚，而且还要捣鬼作祟，弄权害人。所以，东京八十万禁军教头王进一听说小人高俅升了太尉，就赶快卷铺盖走人，惹不起还躲不起？林冲则自以为我堂堂正正，尽职尽责，又有一身本事，有什么可怕的，结果还是被高俅害的家破人亡，逼上梁山。老妖婆江青充其量还只能算是"半得志"，可已把文艺界那些和她有过节甚至是知道她底细的人都害得走投无路，妻离子散，她要真的得志，那老百姓还不定该怎么遭殃的。"子系中山狼，得志便猖狂"，就是小人得志的最形象比喻。

"得志猫儿雄似虎，败翎凤凰不如鸡"，正因为得志失志两重天，势同冰炭，人人都在趋利避害。但由于机会有限，财富有限，位置有限，加之僧多粥少，竞争激烈，利益冲突，得志的总是少数，大多数人都难以得志，可能付出了很大努力也壮志未酬，这就有一个怎样对待得志与失志的问题。我以为有两句话是关键：得志淡然，失志泰然。得志时，"春风得意马蹄疾，一日看尽长安花"，要看淡一些，低调做人，得意不忘形，得志不猖狂；失志时，不气馁沮丧，不自惭形秽，不怨天尤人，保持平和心态，该咋过还咋过。无论得志与否，"成王败寇"，最重要的就是要努力实践孟子所说的两句名言："得志泽加于民，不得志修身见于世"。（《孟子尽心上》）

精彩人生你要精彩地过

精彩，是我特别喜欢、但又十分吝惜地使用的一个词。因为在我看来，精彩是人生的最高境界，不会轻易达到，有的人可能一辈子都没精彩过，但你要真的到了这个境界，我也一定会真心羡慕，并发出由衷的赞叹：精彩！

精彩，就是优美、出色。大千世界，分工各异，每个人都有自己的工作，也都能在自己的领域里精彩一把。明星可以奉献给观众精彩节目，歌声绕梁三日，表演出神入化；运动员能奉献精彩比赛，龙争虎斗，惊心动魄；老师有精彩一课，深入浅出，引人入胜；作家写精彩文章，字字珠玑，洛阳纸贵；科学家有精彩科研成果，厨师有精彩烹调技术，官员有精彩领导艺术等等，不一而足。如果再具体一点，精彩，就是陈胜"王侯将相宁有种乎"的宣言；精彩，就是马丁"路德"金《我有一个梦》的演讲；精彩，就是刘翔在奥运会上率先撞线的那一瞬；精彩，就是飞人乔丹投篮时那美丽的弧线；精彩，就是易中天在《百家讲坛》上的侃侃而谈；精彩，就是宇航员杨利伟走出返回舱的频频招手。

精彩的反义词是平庸。一个得过且过没有创意的商人，一个当一天和尚撞一天钟的工人，一个无心向学"60分万岁"的学生，一个满足于跑龙套当配角的演员，一个只会模仿别人，重复自己的作家，一个不求有功但求无过的官员，一个墨守成规，不敢越雷池半步的科研人员，虽然也能混得不错，也可养家糊口，甚至也能欺世盗名，但永远与精彩无缘。

精彩与付出成正比。演员就在台上精彩那么一阵子，不知需要多少年的勤学苦练，即所谓"台上一分钟，台下十年功"；运动员在赛场上那精彩的一跳、一跑、一掷，背后则是数十年的挥汗如雨，苦练不辍。作家曹雪芹为了《红楼梦》的精彩，不仅是"披阅十载，增删五次"，也不仅是"满径蓬蒿老不华，举家食粥酒常赊"，最后，竟然"书未成，芹为泪尽而逝"。这就好比传说中的荆棘鸟。它一生只唱一次，但那歌声如同天籁，比世上所有一切生灵的歌声都更加优美动听，使云雀和夜莺都黯然失色，但为了这一次的精彩，它不仅付出了一生的努力和心血，而且，这是一曲绝决的歌，它将曲终而命竭。

精彩与年龄无关。青年人的精彩，大红大紫，锋芒毕露，像周郎，赤壁之畔，"谈笑间，樯橹灰飞烟灭"；如王勃，滕王阁前，技压群雄，文盖四座，"落笔惊风雨，诗成泣鬼神"。老年人的精彩，不动声色，沉稳自信，像庾信"庾信文章老更成，凌云健笔意纵横"；如东坡，"老夫聊发少年狂，左牵黄，右擎苍"。只要你想精彩，什么时候都不晚。不过，还得讲句实话，张爱玲说"成名要趁早"，精彩也要趁早，因为精彩更需要强健的身体，敏捷的思路，充沛的精力，大胆的创新精神，而这些大都是青年人的专利。

放眼古今中外，遍阅芸芸众生，有的人一生精彩，有的人一世平庸；一生精彩，固然可羡然不易学，一世平庸，也千万别成了我们的人生记录。人这一辈子，不论干什么，总得精彩他几回，或建功立业，或著书立说，或德昭天下，不仅自己有成就感，也让众人喝彩，什么时候想起来，都觉得很自豪，没白来这世界上走一回。

人生难得几精彩，此时不精彩，更待何时？

再给你"最后 5 分钟"

2017 年 1 月 17 日，《原子科学家公报》组织在一场史无前例的越洋联合新闻发布会上宣布，把"末日之钟"的时间从晚 11 时 53 分调至晚 11 时 55 分。科学家警告毁灭性灾难的源头集中在两点：核武器威胁和气候变化对人类栖息地的破坏。这次"末日之钟"经过调整后，指针处于冷战以来距离午夜零时最近的位置，离世界末日只剩下 5 分钟。换句话说，就是警告人们，人类已经处于 10 多年来的最危险时期，人类的生存环境更恶劣了。遗憾的是，许多人还在浑浑噩噩地活着，全然没有一点危机意识，甚至还在有意无意地加速着人类走向毁灭的步伐，似乎"末日之钟"只为别人而响一样。

古人说："天作孽，犹可违，自作孽，不可活。"本来好端端的一个地球，造物主厚赠给我们唯一的挪亚方舟，却被人类糟蹋得千疮百孔，危机四伏。人类自称是万物之灵，世界主宰，大概人对地球的危害也是世界上首屈一指：大片森林被砍伐一光，美丽的草原被破坏成浩瀚沙海，江河湖海惨遭污染，蓝天白云难得一见，日益严重的温室效应，把臭氧层撕开一个个窟窿，将地球暴露在"光天化日"之下。且不说人类还储存着能把地球毁灭几十遍的核武器。

说到核武器，就不能不提到爱因斯坦，他是伟大的物理学家，他的相对论带来了一场物理学革命，可是他又为人类带来了可怕的核时代。他敦促美国实验核武器，间接导致了一个核时代的到临，这一点他恐怕很难为世人所谅解。其实他自己也很后悔，可是潘多拉的魔盒一旦打开，就无人能够控制。虽然人们为了控制核武器的扩散，想了很多办法，但却事与愿违，拥有核武器的国家是越来越多，甚至某些恐怖分子手里也掌握着核武器，如果碰上一个疯子，轻轻一按核按钮，后果就不堪设想。在《真实的谎言》一类美国大片中，常有孤胆英雄力挽狂澜，挫败恐怖分子制造核爆炸的阴谋，可现实生活中就不会那么幸运了，一个疯子的一次疯狂举动，就可能把人类打入万劫不复的阿鼻地狱。

全球气候变暖给人类带来的灾难，或许不如核武器的危害那么惨烈，那么"立竿见影"，但也是钝刀子杀人，使人在不知不觉中走向灭亡，其结果并无二致。恩格斯早就预见到：人类对大自然的每一次征服，都会带来更大的报复。事实一再证实这一预见的英明，在大自然的一连串无情的报复下，冰山融化，海水上涨，酸雨成灾，沙进人退，气候异常，怪病丛生，适合人类的生活空间日益狭小，人类的生存条件急剧恶化。"末日之钟"在为你而响，为我而响，谁也不能豁免。

著名的罗马俱乐部，为了提醒人们注意，早在20世纪70年代，就有一个十分详细的报告指出，无休止地制造污染，不顾后果地破坏环境，最终肯定会导致人类灭绝。30多年过去了，形势比那时候要更严峻，人类距离"末日"也更近了，但是没有谁能救人类，只有自己拯救自己。现在，许多有识之士在各种场合大声疾呼人们要爱护地球，珍爱我们的生存环境，绿色和平组织在一次次力不从心但又顽强不屈地进行抗争，有些国家和政府也开始意识到问题的严重性，但这还远不够，与庞大的破坏环境的力量相比渺小得几乎可以忽略不计。如果大家真的爱惜我们的生存环境，真的关心子孙后代的幸福，那就应该每个人都赶快行动起来，齐心协力，用我们的努力制止住环境继续恶化的趋势，拉住世界"末日之钟"的继续运转，百倍珍惜上天留给我们的"最后5分钟"。

矜持是一种美德

矜持，是个有些文绉绉、平时不常用但颇重要的一个词，有好几层意思。

一是竭力保持庄重。南朝宋刘义庆在《世说新语·雅量》里说："王家诸郎，亦皆可嘉；闻来觅婿，咸自矜持。"清李渔在《闲情偶寄·声容·习技》中说："不知妇人登场，定有一种矜持之态。自视为矜持，人视则为造作矣。"

二是恪守、守正。郭沫若在《塔·万引》中说："我矜持了半生的道义不是完全破产了吗？"方志敏在《可爱的中国·清贫》里说："而矜持不苟，舍己为公，却是每个共产党员具备的美德。"

三是约束。南朝宋鲍照《答客》诗曰："爱赏好偏越，放纵少矜持。"叶紫在《星》第二章说："她很能够矜持她自己。她可以排除邪恶的人们的诱惑，她可以抑制自家的奔放的感情。"

四是拘泥、拘谨。明胡应麟《诗薮·宋》："矜持于句格，则面目可憎；架叠于篇章，则神韵都绝。"鲁迅在《三闲集》讲到柔石："他极想有为,怀着热爱,而有所顾惜,过于矜持,终于连安住几年之处,也不可得。"

五是自鸣得意、自负。北齐《颜氏家训·名实》记:"有一士族,读书不过二三百卷,天才钝拙,而家世殷厚,雅自矜持,多以酒牍珍玩交诸名士,甘其饵者递共吹嘘。"金王若虚《文辨二》说:"退之《行难篇》言取士不当求备,盖言常理无甚高论,而自以为孟子不如,其矜持亦甚矣。"

除了最后一条,前边几条基本上都是褒义,就是最后一条,在我看来,也是可以谅解的缺点。人生在世,是应该经常保持矜持之态,不能太随意、轻薄,这首先是自尊的需要。不论遇到什么名人显贵,泰山北斗,我在你面前也不卑不亢,保持着做人的尊严。而那些趋炎附势之徒,低声下气,仰人鼻息,可能会得到一些好处,获得一点残羹剩汁,但丢掉了最宝贵的人的尊严,算算账其实是很划不来的,当然,在一些不在乎尊严,只注重利益的人的眼里,那又另当被论。

适当的矜持,还能使我们拒绝诱惑,洁身自好。在送上门的不义之财面前,矜持能让我们不伸出贪婪之手,将那些不该拿的钱拒之门外;在各种野花、流莺、艳遇的诱惑面前,矜持能让我们把握自己,约束欲望,不做"本能"的牺牲品。

矜持,也是需要资本的。没有学富五车的学识,没有才高八斗的才华,你如何能自鸣得意,自负于世;没有高尚的道德品质,没有傲霜凌雪的操守,你怎样去恪守道义,抵御诱惑;而没有成功的事业,一文不名,无处安身立命,矜持则很容易被人看成装腔作势,造作、作秀。素有矜持之名的古人李白、孔明、苏东坡,今人陈寅恪、鲁迅、钱钟书,哪一个不是人中翘楚?

矜持,是公民才有的权利,奴才是没这个资格的;矜持,是昂首站立的姿势,跪着的人是无法领略这种风采的;矜持,是坦坦荡荡的君子之风，与蝇营狗苟的小人无缘。矜持的官员，坏人轻易不敢打他的主意，不容易被拖下水，因为他有一种凛然难犯的尊严；矜持的女性，登徒子不敢乱动邪念，因为不管怎么漂亮，她都是带刺的玫瑰，她的庄重守正，会让各种狂蜂浪蝶自感无趣，知难而退。

矜持，对每个人都很重要，它让我们保持了一个人的尊严和操守，尤其是在今天。

这个世界上，有的人需要仰视

这个世界上，有的人是需要仰视的。

有一次在宁波看 CBA 决赛，是"八一"对"上海"，我突然萌发童心，想看看姚明到底有多高，就挤在运动员入口处等候。当姚明从我身旁经过时，我不由得仰起头来看他，比我高两头还多，真是"一览众山小"！再看看那些采访他的记者，都得仰着脸和他说话，估计不会太舒服。

不过，有的人让我们仰视，并非与他的"海拔高度"有关。曾在北京参加过一次作家的聚会，亮相的有不少国内大腕级作家，文坛上泰斗级的人物，提起来都是大名鼎鼎，如雷贯耳。然而，让我最动情也让我仰视的，却是坐在轮椅上的史铁生。这个钢铁汉子，与病痛抗争了几十年，每星期都要去医院透析，每天都面临着死亡的威胁，可是他却紧紧扼住命运的喉咙，仍然生机勃勃地活着，仍然创作出大量脍炙人口的文学精品。

作为一个文化人，我对那些著作等身的作家是十分羡慕的，鲁迅一生写下一千多万字的作品,"吃的是草,挤出的是奶",是汩汩不断的奶;张恨水更是一辈子发表了三千多万字的小说,靠着一枝"金不换",让多少读者如痴如醉,神魂颠倒。什么才华横溢啊,文思泉涌啊,倚马可待啊,汪洋恣肆啊,还可以想出更多称赞他们文学才华与成就的美好词语,因而我仰视他们!

也有的作家、诗人作品很少,寥寥无几,可是却以其绝妙的语言,崇高的意境,浓郁的真情,感动着一代又一代人,成为人类的精神瑰宝。岳飞有《满江红》,于谦有《石灰词》,林则徐有"苟利国家生死以,岂因祸福避趋之",裴多菲有"生命诚可贵,爱情价更高。若为自由故,两者皆可抛。"都曾让我们激动不已,热血沸腾,灵魂得到净化,我仰视他们!

仰视名人,是很多人的自然习惯,他们也确有被仰视的理由。牛顿、康德、莎士比亚、马克思等等,因为在各自行业的开创性的伟大业绩,已被人们仰视几百年了。就说今天,袁隆平、王选被无数科技工作者仰视,成龙、周润发被成千上万铁杆影迷仰视,刘翔、姚明为众多体育迷所仰视,他们以近乎完美的表现,以超群绝伦的成就,证明着自己的出类拔萃。被人仰视,他们完全当之无愧,

如果一个普通人也被仰视,那他一定做出了被人意想不到的事。在我居住的小区里,有一位七十多岁的退休老人,无儿无女,默默无闻,生活十分俭朴,有时候还外出捡些废品来补贴生活。可是,谁也想不到,他竟然依靠自己微薄的退休金,前后资助了十几个大学生。这件事在小区传开后,他和往常没任何变化,可是,每当我看到他那已经驼背的身影时,总觉着高大得需要仰视。

仰视有钱人,即那些靠勤劳致富的人,那些靠智慧与拼搏发财的人,也是人们的正常感情取向。远的有比尔·盖茨,近的有李嘉诚、霍英东,身边的还有张朝阳、丁磊,他们大都白手起家,奋斗多年,最后大获成

功。而且还慷慨解囊，捐赠慈善事业，动辄就是数亿、数十亿，甚至上百亿，他们也非常值得仰视。

报纸上登过一个消息，一个六十多岁的乞丐，捡到一个钱包，里边有上千元现金，还有身份证、工作证。他等了一天没等到失主，就饿着肚子把钱包送到了派出所。记者后边还写了些什么，我都记不清了，当时只有一个感觉，这个乞丐虽然一文不名，但其人格之高尚，同样也是需要仰视的。《菜根谈》里那句"平民肯种德施惠，便是无位的卿相"，说的分明就是他呀！

我仰视那些伟人、巨人、名人，也仰视那些善人、好人、至人，"高山仰止，景行行止，虽不能至，然心向往之。"

第二辑　思古幽情

想青史留名的人必读

雁过留声，人过留名。人想青史留名是好事，而且越多越好。虽然也有人说"身后名不如生前一杯酒"，那多半是不得意时的酒后牢骚。即便是明知自己无法青史留名的东晋大将桓温，还发出狠话：不能流芳百世，宁可遗臭万年。当然，想青史留名是一回事，能如愿以偿又是一回事，实际上，真正能青史留名的人少之又少。而能不能好梦成真，关键是你有没有做了充分、必要的准备。

想青史留名的人，得先干出点过硬的事，惊天动地，名震一时，让史学家觉着值得记上一笔，让平民百姓能一代代的津津乐道。谢东山运筹帷幄，指挥若定，以少胜多，把苻坚打得落花流水，肯定要青史留名。谭嗣同凛然不屈，舍生取义，菜市口慷慨赴死，为变法流了第一滴血，也非青史留名不可，因为人家把命都搭上了，而且死得极有价值。美国宇航员阿姆斯特朗，成为第一个登上月球者，前无古人，想不青史留名都不行。

想青史留名的人，最好还得有点豪言壮语。事干得漂亮，再说上几句漂亮话，那就好比优良产品又配了个高质量的说明书，珠联璧合，更容易流传广播了。谢东山仗打得无可挑剔，让苻坚草木皆兵，望风披靡，话也说得漂亮至极，那么大的胜仗，人家只轻描淡写地说了句："小儿辈儿已破贼兵了。"真是举重若轻，大将风度。谭嗣同壮烈捐躯，刑场上那几句绝命词也是大气磅礴："有心杀贼，无力回天。死得其所，快哉快哉！"还有鉴湖女侠秋瑾，死得固然气壮山河，一句"秋风秋雨愁煞人"，更让人难以忘怀。

再说那阿姆斯特朗，广寒一游就让人羡慕得不得了，登月时那句话也说得特别来劲："我迈出了一小步，人类迈出了一大步。"还有孔子高足子路，要论功业本来没什么值得说的，可人家与敌人搏斗临死时还扔下一句话"君子死，不免冠。"结果被砍成肉泥。把老师孔子感动得一塌糊涂，把刚煮好的肉酱都倒掉了。

退一步说，即便是没干出什么惊天地泣鬼神的事，能写几句"笔落惊风雨，诗成泣鬼神"的好诗，照样能青史留名。陆游一生，其实在抗金复国方面没什么具体作为，连一场像样的仗也没打过，但人家的诗写得好，一首《示儿》就足以让他千古不朽了。

想青史留名的人，书信要写得好，也有助于青史留名。看一些青史留名的名人书信，我总有一种不敬的感觉，他们的信原本就是准备写给众人看的，就是准备将来出版的，就是准备流芳百世用的。所以，那些历史名人的家书尺牍中，做人做事的心得，经国济世的道理，慷慨激昂的言论，比比皆是，一套一套的，根本不像是在写"抵万金"的家书，倒更像是在百家讲坛作报告。司马迁的《报任少卿书》与嵇康的《与山巨源绝交书》，大抵都是如此，因而，本是平常书信，却成了散文名篇。

厚厚几大本的《曾国藩家书》更是其中集大成者。曾先生在给子侄们的那些家书中，大讲孔孟之道，大谈修齐治平那一套，除了很少的讲家事交代具体问题的那一部分，其他内容完全可以当一部标准的道德教科书来读。曾国藩也正是靠这些书信给自己赢得了"立言"的美誉,被称为是"立德、立功、立言,千古一完人"。相比较而言,《傅雷家书》似乎更近人情,更具私密性,当然,受认识的局限,为了趋时,也为了保护自己,里边的大道理也不少,也正因为信中包含了太多可以公开的内容,容纳了太多的"普遍真理",才被公开出版,成了道德教育的畅销书。

想青史留名,还要把日记写好,并做好日后出版准备。记日记是近代以来的习俗,这本应是最私人最隐蔽的东西,但我翻了坊间能看到的十多本公开出版的名人日记,得出一个印象,他们的日记也大多是为了日后青史留名而写的。有人批评鲁迅的日记像流水账,有些琐碎,婆婆妈妈,收到一笔稿费,与朋友下一次馆子,买了几个洋瓷碗,都一一记录在册,其实这才是最本色的日记,是"原生态"的日记。如果在日记里大谈国家大事,大讲做人道理,大曝心迹苦衷,则有做作之嫌,好像是在作秀,虽然将来一旦出版,肯定能给自己脸上贴金,但往往让人觉得有虚假之感。

我比较赞赏科学家竺可桢的日记,内容丰富,朴实无华,既能帮他青史留名,更有巨大科学价值。他一生共记了四十多本日记,一直坚持写到生命的最后一天,这既是自己人生轨迹的忠实记录,也是研究气象和研究生物的周期性现象与气候的关系的重要参考资料。这样的名人日记多多益善。

总之,想青史留名是值得鼓励的好事,要如愿随心,先得干出点值得载入史册的事情,这是最重要的;如有可能,再来几句豪言壮语;同时,"高质量"的书信,能当教科书的日记,也是少不了的。有了这几样,你不想青史留名都难。

名人的报复之心

报复之心，人皆有之，名人自然也不例外，无非手段更高明，影响更大罢了。报复还不等同于报仇，报仇是你给我初一我给你十五，你对我杀父夺妻，我对你满门剿灭。报复则往往可能是一言不对，一事不和，一次慢待等小事引起，但后果却很严重。

孔子，那是千古圣人，但报复起来照样心狠手辣。他在鲁国曲阜办学时，与同行少正卯争夺生源，每落下风，"孔子之门，三盈三虚"，这就结下梁子。后来，他一当上代理丞相，就立刻找了个理由把少正卯杀了。《荀子》记："孔子为鲁摄相，朝七日而诛少正卯。"孔子给少正卯列了五罪：一曰心达而险；二曰，行辟而坚；三曰，言伪而辩；四曰：记丑而博；五曰，顺非而泽。意思是说：为人通达而用心险恶，行为异常而意志坚强，观点不对却善于狡辩，宣扬邪说却非常博学，顺从异端且扶助庇护。即便属实，也没有一条够上犯罪，更不待说死罪。

飞将军李广是个战功赫赫的英雄，但他挟嫌报复杀霸陵尉的事，却是一个道德污点，让他难担光明磊落的美誉。《史记》载：李广因抗击匈奴失利而被削职为民。一天晚上,李广与朋友在乡里喝酒返回途中路过霸陵亭,被霸陵尉拦住不放行,李广家人报:"故(前任)李将军。"刚喝过酒的霸陵尉听罢大声喝道:"今将军尚不得夜行,何乃故也!"李广从此怀恨在心。不久,汉武帝起用李广担任右北平太守,李广要求霸陵尉随他赴任,到了军中就寻了个错将其杀掉了。

西晋时的才子钟会的报复则是由爱而恨,他原本很是崇拜大诗人嵇康,但嵇康却一直对他很冷淡。有一次,钟会浩浩荡荡,带着大队人马专门来看望嵇康,嵇康当时正和朋友在一起打铁,既没起身迎接,也没与他长谈。热脸蛋碰了个冷屁股,让钟会很没有面子,乘兴而来,败兴而归。怀恨在心的钟会后来在晋武帝面前进谗言,说嵇康的《与山巨源绝交书》有谋反之心,影响极坏,终于说动晋武帝杀了嵇康,报了一箭之仇。

革命家报复起来,也与常人无异。1774年10月,马拉来到法国科学院,做了一串燃素理论的变形实验,试图解释燃烧现象,他想以此成为科学院的成员。但是面对马拉的实验和提交的论文,著名化学家拉瓦锡评价道"毫无价值。"1789年7月,法国大革命爆发,马拉成为革命运动的风云人物,巴黎公社的领导人,他对于当年被拉瓦锡粉碎了科学梦仍耿耿于怀,在自己主办的《人民之友》报上,指证拉瓦锡是"可恶的包税人",并以"在人民的烟草中加水"等罪名逮捕了拉瓦锡,最后杀害了他。

诺贝尔,这也是一个我们非常崇拜的伟人,但报复之心并不甘人后。诺贝尔有一个比他小13岁的女友,非常爱她,但后来发现她和一位数学家有暧昧关系,并最终和那位数学家私奔。对这件事诺贝尔一直耿耿于怀,直到生命的尽头,诺贝尔还是个单身汉。可能正是这件事让诺贝尔在制定"诺贝尔基金会奖励章程"时把数学排除在外,他在报复那个数学家,却无意中报复了整个数学界。

鲁迅先生爱憎分明，反对中庸之道，他对伤害过自己的人是决不放过的，报复起来也是不客气的。历史学家顾颉刚曾造谣说鲁迅的《中国小说史略》抄袭了日本盐谷温《支那文学概论讲话》，对鲁迅损害很大，让鲁迅恨恨不已。所以，每次提到顾颉刚，就忍不住讽刺挖苦他，甚至拿他的红鼻子来取笑，一提到顾颉刚就以"红鼻"来代称，而不怕别人说他刻薄。

名人也是人，自然也有喜怒哀乐，也有快意恩仇。名人的报复，有的现场发作，不隔时日；有的报复，可以隐忍多年，最终爆发；有的报复，文质彬彬，不伤皮肉，最多恶语相向；有的报复，动口还动手，不择手段，甚至杀人不眨眼。名人报复是双刃剑，杀人一万，自损八千，即便报复成功，也对自己名誉有损。

所罗门曾言："宽恕他人之过失，乃宽恕者之荣耀。"韩信少年时，曾受街头一个小流氓欺负，忍受了胯下之辱。后来，韩信功成名就封王回了故乡，那个小流氓惶恐不安，害怕遭受韩信报复，准备举家外逃。韩信却很大度地专门接见了那个小流氓，很诚恳地对他说，如果没有你当年的羞辱，还不会激励我发愤成才，我还得感谢你呢。不仅没有处罚他，还赏了他一些钱，封了他个小官。一时传为美谈。韩信可能有其他毛病，但在胸怀豁达、不挟嫌报复这一条上，堪称坦荡君子，名人楷模。

"鸵鸟心态"亦有可取之处

据说,非洲鸵鸟遇到危险时,往往会把头埋入草堆里,以为自己眼睛看不见就是安全。后来,心理学家将这种逃避现实、不敢面对问题的消极的心态称之为"鸵鸟心态"。

"鸵鸟心态"固然可笑、可悲,但笑完后再细想想,其实"鸵鸟心态"也不无可取之处。古人说,世上事不如意者十之七八,许多对自己不利的事情,有辱自己的言语,如果看见、听见了也没有办法,自己又不是那种心胸豁达的人,那就只能让自己生闷气,瞎操心,还不如不知道为好,索性就当他一回"鸵鸟"。所谓"眼不见为净",就是这个道理。

眼不见,首先可以"心净"。宋代大臣富弼第一次出使契丹时,路上接到家书,说女儿夭折,心中悲痛,却无法回家;第二次出使契丹时,家书说夫人生了一个男孩儿,心里非常高兴,但也不能回家祝贺。以后,他只要出使在外,收到家书一律不拆就烧掉。左右问其何意,他说"徒乱人意。"也就是说,家书固然重要,但如果看了,平白又增添许多操心、忧虑,还是不看为好。

吕蒙正，还是宋人，刚调到朝廷做官，就有人在背后说他坏话。吕的部下替他不平，一定要去查个水落石出。他赶忙阻拦说：如果知道了这个人是谁，我就会一辈子记住他的不是，那就可能会少了一个朋友，多了一个敌人，还是不知道的好。所以，那些在我们面前播弄他人是非的人，不管他是出于好意还是别有用心，我们都要格外警惕，如果脑子里装了太多他人的不是的话，我们就不会有几个朋友了，还是前贤说得好："水至清则无鱼，人至察则无徒"。

《三国志·魏书·武帝纪》载，建安五年春，曹操大胜袁绍后，发现了部下不少与袁绍"暗通之书"，谋士建议"逐一点对姓名，收而杀之"，曹操宽容地说："当绍之强，孤亦不能自保，况他人乎？"于是"尽将书焚之，遂不再问"。毛宗岗评道："光武焚书以安反侧，是恕之于人心既定之后；曹操焚书以靖众疑，是忍之于人心未定之时。一则有度量，一则有权谋。其事同，而其所以用心不同也。帝王有帝王气象，奸雄有奸雄心事。"毛宗岗此评，有失偏颇，曹操焚书，一让自己心净，二让部下心净，又何尝没有襟怀度量？

眼不见，还可以"手净"。米芾，曾任校书郎、礼部员外郎，为官清廉，自律甚严。他又酷爱古人字画，有人为托请他办事，特拿来一幅珍贵字画相求。画在他家里放了三天，他连看都没看，命仆人归还。仆人不解：您至少也得打开看看呀。米芾说：不看，我还可以当它是赝品来自我安慰，如果一打开，让我爱不释手，忍不住要收下，那岂不是要坏我官声了，还是不看的好。米芾立志要做个好官，但他深知自己拒腐蚀的定力又不够，所以，干脆也当一回"鸵鸟"，眼不见就不动贪念。他的拒贪办法实在不算高明，但却不无作用。

京剧《打金枝》里，唐代宗李豫，给自己的儿女亲家、大功臣郭子仪拉家常时，有一句语重心长的经验之谈：不痴不聋，不做家翁。其实，也是说的也是眼不见为净的意思。现实生活中，那些眼观六路，耳听八

073

方,消息灵通,无所不知的人,往往活得很累,因为他们看了太多不该看的事,听了太多不该知道的话,结果"徒乱人意",自寻烦恼。反倒是那些不理闲事,不操闲心,眼耳"闭塞",心无挂碍的人,生活得轻松愉快,幸福指数颇高,因为,他们都多少有些"鸵鸟心态",不去理会那些"徒乱人意"的事。

够"雷人"的馊主意

馊主意，就是那些出发点虽好，但却极不靠谱、特别离奇、还有些搞笑的主意。馊主意历来都有，花样百出，屡见不鲜。最著名、级别最高也最有影响的，莫过于晋惠帝司马衷为灾民出的"何不食肉糜"馊主意，馊主意馊到了极致，竟然也得以史册有名。

北宋庆历年间，四川有一种罗江狗忠勇无比，有言官就出主意以此狗替代宫中卫士，以减少开支。南宋时，因为天旱无雨，有大臣奏请皇帝禁止天下宰杀鸭鹅，理由是鸭和鹅都需要水，如果人间存在着大量鸭鹅，老天爷考虑到它们的生存需要就会酌情尽快下雨。雍正年间，为了提高人口出生率，一位言官出了一个馊主意，强令尼姑还俗，结婚生子；凡有民女二十未嫁的地方，政府一定要提供速配服务。这些主意都够搞笑的，够"雷人"的，所幸当时朝廷还有几个明白人，馊主意没被采用。

当年鸦片战争时，清军统帅奕山守广州城，害怕英军的火枪大炮，有高人就给他出馊主意，让他多准备狗血、猪血，待英军攻城时，可用此污秽之物御敌，使其枪炮无效。最后结果，当然是清兵一败涂地，留下千年笑柄。

历史在进步，可出馊主意的水平却不见长进。中国男足不争气，屡战屡败，洋教练、土教练谁来也没办法，记得有一届新上任的教练班子出了个馊主意，说主要是霸气不如人，于是专门组织球队观看《满城尽是黄金甲》，以增加队员霸气。看过之后不知有无收获，队员们霸气长了几分，不管怎么说，坐在电影院里看大片，总是要比训练场上一身泥一身汗要爽得多。要照这么推理，看《夜宴》可增加队员计谋，看《无极》可增加队员腾挪飞跃功夫，多看几场电影，说不定中国足球还就冲出亚洲了，也未可知啊！

鉴于近年来高考中舞弊现象屡有发生，百姓意见很大，于是又有专家出馊主意，说要解决问题，可以采取高中老师推荐上大学的办法。这个专家好像是外星来客，对国情浑然不知，就算他不记得文革时期推荐上大学的历史教训，也应该对时下社会风气，人们的操守水平有一个基本了解，要按他那个药方抓药治病，非天下大乱不可。其结果，无非是掀起新一轮给高中老师送钱送礼的高潮，最后把一批高中老师送进班房而已。

近来最出名的馊主意，大概莫过于某经济学家的"厕所论"。自称"替富人说话，为穷人办事"的某知名经济学家在接受媒体采访时称，"廉租房应该是没有厕所的，只有公共厕所，这样的房子有钱人才不喜欢。"当然，他是好心，也是为穷人说话，生怕富人把穷人的房子占了。可这事怎么看都觉得对穷人不公平，这就就好比穷人家闺女为了不受人欺负，最好长得丑一点，如果能瞎一只眼睛或烂掉一个耳朵，就更为保险。

"雷人"的馊主意一出再出，代代不绝，究其根源，无非是出主意的人迂腐不知变通，闭塞不解下情，还缺乏基本常识，虽然都是出于好心。如果能多到基层走一走，多倾听群众呼声，多了解这个社会的方方面面，掌握更多的知识、常识，可能会让我们少说外行话，少出馊主意，多出好点子。

　　国家兴亡，匹夫有责。以天下为己任，积极建言建策，是值得鼓励的好事，也是每个公民的义务和责任，但要把好事办好，多出好点子，不出馊主意，也不是一件容易的事。这不仅需要出于良知、公心、激情，还需要有较高素质，敏锐眼光，大局意识，处世经验，以及一定的专业知识，同时还要从实际出发，充分了解情况。否则，脑子一热，就轻率献策，鲁莽支招，弄不好就成了"雷人"的馊主意，就要闹笑话了。

最令人沮丧之事

一曰美女迟暮。人皆会老，美女亦不例外。普通人等，老与不老，无人注意，自己也无所谓，昏昏然"不知老之将至"。美女则不然，年轻时光彩照人，身边追求者排成长队，走到哪里都是关注中心，揽镜自顾，傲睨天下。可一旦皱纹上脸，皮松肉弛，顿如天塌地陷，自叹韶华难留。旁观者也不胜唏嘘，当年美艳无比的一枝花，不经意间，怎么就成了豆腐渣了？真是造化弄人啊！

二曰将军被擒。大将军者，运筹帷幄，踌躇满志，指挥千军万马，掌控战场风云，一呼百应，威风凛凛。一朝战败被俘，着囚衣，吃牢饭，蹲大狱，听呵斥，受尽屈辱，生不如死。被流放于圣赫勒拿岛的拿破仑，就郁郁寡欢，了无生趣，最后不明不白地死去。无怪乎楚霸王宁肯自尽吴江，也不愿当俘虏，忍辱偷生。还赢得后世红颜知己李清照的千古一赞："至今思项羽，不肯过江东"。

三曰英雄末路。英雄得意时，叱咤风云，威风盖世，出类拔萃，万众瞩目。如孙郎，"雄姿英发，羽扇纶巾，谈笑间樯橹灰飞烟灭"；如李广，身经百战，能射雕，可擒虎，"不教胡马度阴山"。可是，英雄一旦身老力衰，运去势蹙，如同虎落平阳，走入末路绝境，也颇可怜复可悲。可叹堂堂飞将军，不仅一生难以封侯，最后还因迷路误时，为不受刀笔吏之辱，毅然自我了断，令人扼腕叹息。

四曰江郎才尽。想当初才华横溢，写诗文一泻万里，草军书倚马可待，建功立业如探囊取物。要风有风，要雨有雨，于是目高于顶，心雄万丈，视天下碌碌之辈如同草芥。想不到，一朝才尽，黔驴技穷，文思艰涩，枯肠端坐，靠山山倒，靠水水流，昔日光彩一去不返，多年才名荡然无存，虽依然觍颜混迹社会，只能徒遭人笑。

五曰政客垮台。政客以翻手为云覆手为雨为能事，纵横捭阖，唯恐天下不乱，拨弄是非，玩弄对手于股掌，挑起内乱，最喜坐山观虎斗，从中渔利，不胜得意。不意风云突变，政客垮台于一旦，墙倒众人推，政敌对手一哄而上，痛打落水狗；自家阵营，人去楼空，树倒猢狲散，心腹、部下各奔东西，昔日朋友唯恐避之不及。本就身无长技，更兼千金散尽，直落一个形单影只，孤家寡人。

六曰富豪破产。人不怕根上穷，就怕半路穷。本来富可敌国，钱财堆积如山，整日声色犬马，灯红酒绿，奢华无度，挥金如土。想不到，突然间大厦哗啦啦塌下来，亿万家产化为乌有，阔大款成了穷光蛋，山珍海味变成残羹剩饭，绫罗绸缎变成破衣烂衫，形同乞丐，度日如年，既痛且悔，既惭又羞。尤其夜深人静时，梦到昔日豪华，"雕栏玉砌应犹在，只是朱颜改"，醒来再看今日凄惨，心如刀绞，情何以堪？

七曰贪官落网。贪官未现原形时，志得意满，颐指气使，藏巨金于密室，纳小蜜于金屋，好生潇洒。主席台上，春风满面，不可一世，作反贪报告滔滔不绝，口若悬河。自以为狡兔三窟，天衣无缝，可保无虞。忽然间，东窗事发，人赃俱获，千方百计搜刮来的钱财还没来得及转移，千娇百媚的情妇小蜜反戈一击。于是，宽大明亮的办公室变成逼狭阴暗的小牢房，响亮威严的"书记、局长"称呼变成了"犯人某某"，反差之大，天壤之别，悔恨交加，欲哭无泪。"天作孽犹可恕，自作孽不可活"，早知今日，何必当初？

"扮老"与"装嫩"

"装嫩",是当代社会很时髦的事,大家都习以为常,不以为怪,彼此彼此嘛。什么白头发染黑呀,皱纹拉直呀,割眼袋去双下巴呀等等,不一而足,无非就是为了显得"嫩"一些。可是,故意"扮老",就难得一见了,大伙准说你是神经病。偶有一例,便成了新闻。

美国47岁的民主党候选人奥巴马本来长着一张"娃娃脸"和满头浓密的黑发,看上去很年轻。但有一天当奥巴马出现在公共场合时,人们惊讶地发现他的头发几乎是在一夜之间从以前的深黑色,突然全部变成了灰白色,就仿佛落满了雪花似的!而且,细心的记者还发现,他脸上的笑纹和眼角旁的鱼尾纹也戏剧性地比数天前加深了许多。"政治家"网站的专栏作家惊呼:"难道奥巴马就在我们眼皮子底下衰老了吗?"分析人士指出,奥巴马之所以将自己的头发染白"扮老",就是想使自己看上去更加老成稳重,以争取那些相对保守的中老年选民的支持。

其实,"扮老"在中国古时候也是时髦之举,那时当官儿最忌讳年轻。只要一当上官儿,无论多年轻也要留起胡子来,这才有架子,能服众。再说了，县官又叫青天大老爷，没有胡子哪像"大老爷"？南唐权臣徐知浩，生怕自己年轻，压不住阵势，大臣们不服，就千方百计找人配药，把胡子、头发、眉毛全染白了，一下子老了二十岁，显得老成持重，威严顿增，后来还真就篡权当了皇帝。这是"扮老"的成功一例。

我也沾过"扮老"的光，虽然不是故意的。我在三十多岁申报副教授时大受其惠。那时大家的思想还不大解放，觉得三十多岁就评副高太年轻了，尽管我成果不少，教学也不错。评委们在酝酿时，倾向性意见是先搁一搁，过两年再说。可是当我和评委们面对面答辩时，因为整材料连续加班，一脸倦容，胡子拉碴，一见到我这副"扮老"的尊容，评委们的意见产生了急剧变化，压倒性的意见立刻变成：少年老成，不年轻了，老成持重，该过了！于是，我顺利通过答辩，成为本教研组最年轻的副教授。

一夜白头的事，过去曾听说过不少，最有名的，一个是伍子胥过韶关，一夜急白了头，一个是李闯王过黄河，一夜愁白了头。这两位倒不是故意"扮老"，老天也没有亏待他们，伍子胥因为头发突然变白，顺利地蒙混过关，走上了复仇之旅；李闯王早上起床一看，黄河一夜就冻上了，大军顺顺当当踏冰过河，浩浩荡荡直奔北京而去。如今，奥巴马依赖"高科技"也一夜"白了少年头"，但愿他能心想事成，坐收奇效，不至于"空悲切"。

王勃在《滕王阁序》里说"时运不齐，命运多舛，冯唐易老，李广难封"，那冯唐先生，历经文、景、武三帝，才学政绩都不俗，可就仕途不畅，九十多了还是个郎官。他自己解释原因说：文帝爱文我喜武，景帝重老我年轻，武帝喜武我又太老。今天也是如此，当官从政的人，年龄大了吧，"一刀切"就把你切下来了，所以，"年龄是个宝"，改户口"装嫩"的事就时有发生，有些官员还就是越活越年轻。可年龄太轻吧也忌讳，比方山东某28岁的副厅级干部就在互联网上受到了普遍质疑，最后有人还考证出他有一个亲属是高官。倘若他是 38 岁，或更大一些，大概就不会有这么多疑问猜测了。真是左右为难啊。不过，真诚生活比做官更重要，哪怕不做官，也不要去刻意"扮老"或"装嫩"。

既不"扮老"，也不"装嫩"，自然而然生活，素面朝天对人，不忌讳别人问年龄，不害怕岁月催人老，也是一种幸福啊！

牛顿啥时候也成不了陶朱公

有一阵子，全球股市暴跌，"黑色星期一"接着"黑色星期二"，数万亿美元蒸发，股民损失惨重，欲哭无泪。我同事是个小股民，原在股市里有八万多元，以平均每天一万元的速度缩水，几天下来，已所剩无几。他愁得一夜一夜睡不着觉，每天都自怨自艾：要是早点出来就好了，要是不贪就套不住了。我安慰他说：股市遇上熊市，谁炒都一样，就是牛顿来也不行！

我这样说当然是有根据的，因为刚看过一个资料，大科学家牛顿也曾是热心股民。他经过精确研究和计算后，投入全部资金，买了当时一家热门的股票。短短数月，股价飞涨，最高曾涨到 8 倍，牛顿喜不自胜。然而，风云突变，一夜之间，股市泡沫突然引爆，牛顿措手不及，根本来不及脱身，全部砸了进去，股市给贪心的牛顿开了个大玩笑。最后，他只好无奈地承认失败说："我能算准天体的运行，却算不准人类的疯狂。"

要说善于理财，中国古代最有名的是春秋末期人范蠡，他协助越王勾践一战灭吴后，急流勇退，隐姓埋名，到了当时的商业中心陶（即今山东的定陶县）定居，人称陶朱公。他在这里既经营商业，又从事农业和牧业。很快就表现了非凡的经商才能，《史记》中载他"累十九年三致金，财聚巨万"。

可是并非人人都能成陶朱公，毕竟术业有专攻，即便是天才科学家牛顿，如果离开了他熟悉的实验室，进入喧嚣的股市，放下计算公式的铅笔，拿起算计股票的账单，照样要一败涂地。这也是股市的可爱之处，不认名人，不认权威，谁来都一样，再大名气、再高学历的人，如果不掌握股市起落的规律，不了解股票的行情和内幕，碰巧又赶上熊市，您就跟着大伙一块往里扔钱吧。

看来，牛顿不是陶朱公，我们大多数股民都不是陶朱公，那就不要不切实际地做一朝暴富的美梦。如果看到报纸上宣传某某股民仅以几万元入市，一年或两年内获利几百万、上千万的奇迹后，即便不认定这实际上是变相的虚假广告，也要清醒地知道，假使确有这种事情发生，那也是数年难遇的"小概率"事件，就像从飞机上往下扔馅饼，恰好就砸在你头上一样。

据说爱因斯坦死后进入天堂，上帝将他安排在一间4人的房间里。爱因斯坦问甲智商多少，回答为160。爱因斯坦喜出望外："好！我正担心来到这里找不到探讨相对论的伙伴呢。"他又问乙，回答为120。爱因斯坦有点失望，叹了口气说："也好，我们还是能探讨些数学问题的。"最后问丙，回答为80。爱因斯坦皱起了眉头说："看来我们也只能侃侃股市了。"这个故事似乎对股民有些不恭，但想想连牛顿那样智力超群的人，照样在股市四处碰壁，血本无归，大概也就会释然了，如果留意一下周围的股民，炒股似乎确实与学历、智商什么的无关，炒的好的有时还恰恰就是那些学历不高的老头老太。

最后，再重复两句老话：股市有风险，炒股有输赢。牛市来了，您就抓紧发财，日进斗金；熊市来了，您就耐心等待，或壮士断腕，请相信并记住雪莱的诗：冬天到了，春天还远吗？

从汤恩伯的恩将仇报说起

同为"唐宋八大家"的王安石与苏东坡，政见却不同，王安石大力提倡变法，而苏东坡坚决反对，所以两人的关系不好，是一对政敌。

北宋神宗年间，苏轼因为反对王安石的新法，并在自己的诗文表露了对新政的不满。由于他当时是文坛领袖，任由苏轼的诗词在社会上传播对新政的推行很不利。所以在神宗的默许下，苏轼被抓进大牢，一关就是4个月，每天被逼要交代他以前写的诗的由来和词句中典故的出处。这就是著名的"乌台诗案"。

办案的一帮御史李定、舒亶、王圭等，欲置苏轼于死地而后快，而且"证据确凿"，白纸黑字，但杀还是不杀，神宗一时举棋不定。关键时刻，已罢相退居金陵的王安石上书说："安有圣世而杀才士乎？"据说，乌台诗案的结果最后取决于王安石的这一句话！

也实在难为这位荆公先生了，对政敌如此宽大为怀，居然"仇将恩报"。若随便换个人，朝廷杀了我的政敌，正中下怀，我不落井下石，在一旁边看热闹也就是了，何苦替他出头，为他求情？可王安石到底是王安石，光明磊落，胸怀坦荡，真正的宰相度量。退一步说，即便他没有别的什么成就业绩，即便没有列入"唐宋八大家"，没有"文起八代之衰"，单就从保全苏轼性命这一件事，也就足以千古不朽了。

古往今来，恩怨相报，层出不穷，纷繁复杂，但不外乎四种情况：一是以恩报恩，这是良性循环，最好结果，譬如韩信报"漂母"一饭之恩，诸葛亮报刘备知遇之恩，这事多多益善；二是怨怨相报，吴子胥报平王杀父屠兄之仇，孙膑报庞涓刖足之仇，虽然残酷，也属正常反应，尽管不是什么好事；三是以怨报德，那是连畜牲都不如啊，吕布先为赤兔马杀义父丁原，后又为貂蝉杀义父董卓，幸亏最后被曹操砍了脑袋，要不然不知道他还会再杀几个义父呢。曹阿瞒自然也不是什么好东西，逃亡途中，人家吕伯奢正杀猪宰羊款待他，他竟然因瞎猜疑而杀了吕伯奢全家，还大言不惭地说：宁使我负天下人，不使天下人负我。四是以德报怨，像王安石不计前嫌义救苏东坡，则是其中最高境界，少见难得，弥足珍贵。

大仲马的小说《基督山恩仇记》里，水手邓蒂斯报恩复仇，毫不含糊，痛快淋漓，他的仇人或死或疯或身败名裂或家破人亡，他的恩人也饱受恩惠，善有善报。但我总觉得其境界不高，就是因为他缺少了以德报怨这个重要内容，看来，水手到底是水手，与宰相还差点距离啊！

当然，恩仇相报中的是是非非与身份没有关系，平民百姓里知恩图报者比比皆是，而达官贵人里忘恩负义者也不在少数。汤恩伯那官不小吧，官至国民党陆军副总司令、京沪杭警备司令，却为了表忠心换取蒋介石信任，硬是把策动他起义的恩师陈仪给出卖了。早年，汤恩伯出国留学没钱，是陈仪全力资助，回国后又受陈一再提携，与他情同父子，关键时刻汤却恩将仇报，把陈仪送上了断头台。后来他自己也不得好死，不仅没有人同情他，反倒骂声一片，都说他活该倒霉，不知道他有何面目与恩师相见与地下。汤恩伯的恩将仇报与王安石的"仇将恩报"相比，大概这就叫天壤之别吧。

名士脾气

　　古往今来的名士们，学问大，本事大，脾气自然也小不了。恃才傲物，也得有才可恃才行；锥在囊中，想不让它脱颖而出也难。名士若没有脾气，就好像食无肉，居无竹，反倒觉得他少了点什么，似乎不大像个名士，看来，要当名士，除了学富五车，风流倜傥，还得有点名士脾气才行。

　　名士脾气第一条是傲，唯我独尊，自命不凡。南朝宋名士，山水诗开山祖师谢灵运曾说："天下才有一石，曹子建独占八斗，我得一斗，天下共分一斗。"这傲得就有些水平，不仅把曹子建捧到了九天之上，把自己也吹到半天云里，且留下一句"才高八斗"的著名成语。还有些名士是不露声色的傲，看着挺和气，说话也挺谦虚，但人家那傲是深藏心底的，是浸润在骨子里的，诚如大画家徐悲鸿先生所言："人不可有傲气，但不能无傲骨。"

　　名士脾气第二条是怪，特立独行，与众不同。西晋名士阮籍的怪，堪称天下第一。他纵酒谈玄，常驱车持酒漫游，无路可走了，便大哭而归；他蔑视礼法，尝以"白眼"看待"礼俗之士"，母亲死了，他不哭不悲，照样与人吃肉喝酒；他放浪佯狂，临村一漂亮少女死了，他听说后，也不管关系远近，不论礼法规矩，跑去痛哭一场，好在大家都知道他是个怪人，不以为忤。北宋名士林逋，也是个怪人，他人物潇洒，文采飞扬，博学多才，却不娶不仕，长期隐居杭州孤山，以梅为妻，以鹤为子，怡然自得，留下了"梅妻鹤子"的佳话。

名士脾气第三条是倔，固执己见，宁折不弯，九头牛拉不回。明初名士方孝孺那是头一个。本来，朱棣和他的侄子争皇位，说到底是朱家自己的内讧，谁当皇帝都姓朱，大明的江山不会"改变颜色"。大家都在坐山观虎斗，方孝孺却认起真来，非要认定朱棣是篡权。朱棣一开始还好言相劝，说这是"家务事"，请方先生不要管，后来，言语不和，就威胁方孝孺说：你不怕灭九族吗？方名士的倔脾气上来了：就是灭我十族也不怕！这一句话不要紧，方家老小再加上学生九百多口掉了脑袋。马寅初先生也很倔，但人家那倔就倔得有价值。1959年夏天，面对各方面对《新人口论》的批判围攻，马先生公开声明："我虽年近八十，明知寡不敌众，自当单枪匹马出来应战，直到战死为止，决不向专以力压服、不以理说服的那种批判者所投降！"

名士脾气第四条是烈，性情刚烈，不肯苟且，贞守气节，宁鸣而亡，眼睛里揉不得沙子。鲁迅先生生前论敌如云，遭受四面围攻，却愈斗愈勇，毫不手软，临终时留下遗言："一个也不宽恕"。诗人闻一多为抗议国民党政府镇压学生运动，拍案而起，怒发冲冠，喋血昆明街头；作家老舍为抗议文革中红卫兵的淫威，跳太平湖自尽，士可杀而不可辱。即便是争论学术问题，名士们也不肯稍有妥协，民国名士熊十力与废名争论佛学问题，各执己见，互不相让，谁也说服不了谁，最后竟然大打出手，成为一时士林轶闻。

名士脾气第五条是狂，眼空四海，目无余子。"我本楚狂人，凤歌笑孔丘。"李白的狂，是他的人生特点，也是其诗的灵魂，除了"仰天大笑出门去，我辈岂是蓬蒿人！"的狂言外，也只有他才能干出像让高力士脱靴，让杨国忠研墨的千秋快事，让才子名士们津津乐道了几千年。晚清名士左宗棠，也素以狂放著称，还是平民百姓时，写的对联就是"身无分文，心忧天下"，不过人家也不吹牛，收复新疆一役，使他成为华夏历史上对于国家领土贡献最大的人物，不愧为同治中兴名臣、一代名将。

要想当名士，须先学学名士的学问、见识、本事、能耐；至于名士脾气，当了名士，自然会无师自通的。

秦少游过"情人节"

近些年来,"七夕"开始被称为"中国情人节",越炒越热闹了,很有与西方的情人节分庭抗礼的味道。

"七夕",即农历七月初七日,过去也称为"乞巧节",这一习俗,由来已久。唐代林杰有咏《七夕》诗:"七夕今朝看碧霄,牵牛织女渡河桥。家家乞巧望秋月,穿尽红丝几万条。"这首诗就描绘了人间少女向织女乞巧的浪漫多彩的情景。少女们认为织女能织"天孙锦",必然是一位工于针线的巧手,故向她乞巧,使自己更加聪明伶俐。

时过境迁,现在"乞巧"的意义已逐渐被人遗忘,相信这一天夜里,少女们宁可去看肥皂剧或去"蹦的",也决不肯跟着织女小姐学织锦。于是,在爱情至上的年代,"乞巧节"就很知趣地让位给"中国情人节"了。

当然,"七夕"叫情人节也决不牵强,毕竟有个美丽的牛郎织女双星相会的神话故事为依托。早在《诗经》里就有记载:"维天有汉,监亦有光;跂彼织女,终日七襄。虽则七襄,不成报章;睆彼牵牛,不以服箱。"而这时候,西方民族还大多正处于茹毛饮血的蛮荒年代。到了汉代，牛郎织女的爱情故事逐渐成形。以《古诗十九首》记得最为详细："迢迢牵牛星，皎皎河汉女，纤纤擢素手，扎扎弄机杼。终日不成章，泣涕零如雨。河汉清且浅，相去复几许。盈盈一水间，脉脉不得语。"

怎么办呢？老隔河相望也不是办法，中国人可不欣赏柏拉图的"精神恋爱"。于是又有高人想出喜鹊搭桥的妙计，虽然一年只能见一面，毕竟聊胜于无，而且，秦少游先生还高度评价了这一爱情模式："纤云弄巧，飞星传恨，银汉迢迢暗渡。金风玉露一相逢，便胜却人间无数。柔情似水，佳期如梦，忍顾鹊桥归路。两情若是长久时，又岂在朝朝暮暮。"说的这么动人，只是不知道他是不是一年也只和苏小妹见上一面。

后来，又给这中国情人节加了一把大火的，是风流皇帝唐玄宗。据五代王仁裕《开元天宝遗事》记载，唐朝天宝十年，七夕之夜，宫禁之中，66岁的唐玄宗与33岁的杨贵妃凭肩而立，仰望星空，感慨于牛郎织女隔河相望而不能长相厮守，因而盟誓：愿世世为夫妇，说完执手呜咽。这事也不知是真是假，却让大诗人白乐天感动得一塌糊涂，含泪挥笔写下名诗："七月七日长生殿，夜半无人私语时。在天愿作比翼鸟，在地愿为连理枝，天长地久有时尽，此恨绵绵无绝期。"这本来是很动人的故事，可惜，到了马嵬坡，在要江山还是要美人的节骨眼上，唐玄宗还是赏给贵妃一根白绫。试想，如果当时两人一起殉情而死，或者唐玄宗宁愿不要皇位也要保住贵妃，那就成了千古不朽的爱情绝唱了。当然，这在中国历史上是从来没发生过的事情，爱德华八世那种"不爱江山爱美人"的动人故事，只能发生在浪漫的英国。

这样，如果"中国情人节"也被大家认同的话，我们就一下子有了两个情人节。有情人的人，左右逢源，自然喜不自胜；还没有情人的人，则一年要难受两回，危机感油然而生。不过，对于囊中羞涩的人来说，过一次西式情人节要掉几斤肉，买一盒高档巧克力，买几枝"蓝色妖姬"，再共进烛光晚餐，那可是一笔不小花销。还没有听说"中国情人节"要送什么礼物,倘若这一天只是情人们并肩坐在户外,纤手紧握,远看银汉迢迢,先替牛大哥难受一把,然后再来几句海誓山盟,惠而不费,亲而不亵,我举双手赞成过"中国情人节"。

您知道阮步兵、柳屯田吗？

古代文人的称呼很繁杂，有字、有号，什么时候用字，什么时候用号，都很有讲究，用错了要贻笑大方的。譬如苏轼，字子瞻，号东坡居士；辛弃疾，字幼安，号稼轩；明代文学家归有光，字熙甫，号震川；欧阳修，字永叔，号醉翁、六一居士等。

还有种种别称，也颇流行。其中一种是用文人家乡来代称文人的。王安石，字介甫，号半山，小字獾郎，因封荆国公，世人称王荆公，还因为家是江西临川人，又称王临川，他有一本诗集就叫《王临川集》。柳宗元，字子厚。因是河东（今山西永济）人，世称柳河东，因官终柳州刺史，又称柳柳州。韩愈，字退之。河南河阳（今孟县）人，因祖籍昌黎。故世称韩昌黎。

比较起来，文人最喜欢的别称还是官衔，大概是官本位的影响所至，文人再出名，成就再辉煌，在一些世俗的人也包括文人自己眼里，都不如叫官衔好听。李煜，大诗人，本是个亡国皇帝，"凤凰落地不如鸡"，偏偏还要叫他李后主或南唐后主。韩愈，尽管是"文起八代之衰"的大文豪，也未能免俗，因任过一段吏部侍郎，还是叫他韩吏部。王羲之，书圣也，世人却喜欢叫他王右军，一个大约副科级官员的称谓。杜甫，一代诗圣，只当过几天的检校工部员外郎，是个没什么实权的闲官，因而被称为杜工部。阮籍，"竹林七贤"之一，虽博学多识，崇尚老庄，蔑视礼教，对"礼俗之士"常以"白眼"相视，却因为任过一个相当于排长的步兵校尉，故后世称"阮步兵"，实在是羞辱他了。最可笑的是柳永，既然"奉旨填词"，那就好好去当你的白衣卿相，写你的《望海潮》《雨霖铃》《八声甘州》，可他不甘寂寞，居然也混了个不尴不尬、可有可无的小官屯田员外郎，后人因此叫他柳屯田，真不知是捧他还是损他。

所幸还有那么几个例外。苏轼虽然当过杭州通判、太守、黄州团练副使，却没有人叫他苏团练、苏太守什么的，要那样叫就实在是俗不可耐了。就是因为不肯"为五斗米折腰"，陶渊明只当了八十多天的彭泽令，屁股还没坐热，便弃职而去，你若再叫陶县令，那还不是在骂他吗？还有郑燮，干了十二年县太爷，也算是官场老资格了，却不喜欢人家叫他郑县令，自称郑大、郑大郎，或题板桥居士、板桥道人，晚年自署板桥老人。

如果还沿用古文人的叫法与别称，当代的文化名人那可就热闹了。鲁迅祖籍绍兴，该叫鲁绍兴，好歹当过几天教育部的小官佥事，还可叫鲁佥事；胡适，安徽绩溪人，就叫胡绩溪，当过校长、大使，若拣官大的说，可称胡大使；巴金，生在成都，就叫巴成都，又干了二十多年的作协主席，自然要叫巴主席了；王蒙，河北南皮人，可称王南皮，当过文化部长，可称王部长；贾平凹，陕西丹凤人，可称贾丹凤，曾任《美文》编辑部主编，只好叫贾主编，虽然小点，毕竟也是个官。

好在时过境迁，文化人也与时俱进了，今天虽然官本位仍很流行，但文化人叫官衔的已很少见了，特别是对那些已经在官员位置上退下来的文人，这也是个不小的进步，毕竟文人就是文人，最终要靠成果吃饭。

虽然郭沫若、茅盾、陆定一、贺敬之、刘白羽都当过相当高职务的大官，副委员长、宣传部长、文化部长什么的，但不论哪本文学史，说到他们时记载都是诗人、小说家、散文家。这既简便好记，又具文化色彩，远比古代文人繁杂而又俗气的别称要强得多。

朴实可爱的刘太公

刘邦他爹在史书上是没名字的，就叫"太公"，即大叔的意思。刘大叔从小就对这个小四儿感到厌烦。年轻时的刘邦不读书，不挣钱，不养家，只知道喝酒泡妞，所以整天都要受到父亲的痛斥。刘大叔后来连小四儿都懒得称呼他了，直接就叫他"无赖"。

刘邦对他爹也没多少感情，为了自抬身价，甚至坚持说那个雨天在郊外和他母亲野合并怀下他的是龙王，而不是刘大叔，硬生生给他爹戴了一顶绿帽。后来，刘邦和项羽在广武对峙时，项羽把刘大叔放在了一个大肉案子上，让人告诉刘邦："今不急下，吾烹太公！"刘邦说："吾与羽俱北面受命怀王，约为兄弟，吾翁即其翁，必欲烹而翁，幸分我一杯羹。"你看，这是人说的话吗，叫刘大叔多寒心。

刘邦当了皇帝之后，扬眉吐气，当着众大臣问他爹："始大人常以臣无赖，不能治产业，不如仲力。今某之业所就孰与仲多？"（你说我不如老二，今天看看我的产业，跟老二比谁的多？）可在太公眼里，当皇帝的老四并不比种地的老二强到哪里，所以支支吾吾地回答说："好，都好。"这个回答让刘邦很失望，可啥办法呢，庄稼人就是这眼光，总觉得干啥都不如种地来得实在。就这，刘邦为了表示孝道，还不得不尊他爹为太上皇，虽不太情愿，但那尊太公为太上皇的圣旨中的词整得还挺漂亮："人之至亲，莫亲于父子。此人道之极也。"

刘邦封了一堆王侯，就是不封他大哥的儿子。原来，刘邦年轻时游手好闲，偷鸡摸狗，还老带着不三不四的狐朋狗友回家蹭饭，全家都很烦，大嫂尤甚。有一次，刘又带朋友回来了，大嫂就故意用勺子刮锅底，提醒刘邦没饭吃了。到现在他还记着大嫂的仇。刘大叔不乐意了，虽然他并不清楚封王有什么好处，可觉得人家都封了，就自己大孙子没有封，对不住死去的大儿子。他这一闹，刘邦只好又给大侄子封了个"刮羹候"，名字不大好听，但毕竟也是个侯。

这且不说，当了太上皇的刘大叔干了一辈子活，闲不住，没地可种了，还经常拿着扫把扫地，和仆人们在一起厮混，让刘邦很没面子，但也无可奈何。虽然住到宫里，吃香喝辣的，刘太公却整天闷闷不乐，吵着要回老家。原来，刘大叔虽然当了太上皇，但"层次"并没有自然提高，也不会摆架子，和那些皇亲国戚玩不到一起，还老惦记着家乡那一帮一块种地、吹牛、戏耍的老邻居、老哥们儿。刘邦说这好办，就在首都仿照刘太公的丰邑一模一样地新建了一座城，把刘太公的老邻居包括那些狗啊猫啊全都一块儿迁过来，大伙一块儿干点农活，闲了就一起踢球、斗鸡、走狗，从此以后，刘太公又高兴起来了。

大概从平民家庭冒出来的皇帝、总统的爹娘都是这"德性"，一辈子从地里刨食，辛劳惯了，还没学会摆谱，也不太会享受，并不把那龙椅、总统宝座太当回事，也不认为当了皇帝、总统的儿子有多了不起，就像刘大叔那样。据说，斯大林的母亲也是如此，这个辛苦一生的普通妇女，即便是斯大林贵为苏联最高统帅后，她也一直坚持住在乡下，过着简朴生活，她的最大愿望就是希望儿子能当上神父，最大遗憾也是儿子没有当上神父，却去当了个什么主席。

哈里·杜鲁门当选美国总统后，有记者对杜鲁门母亲称赞说："有这样的儿子，您一定感到很自豪。""没错，不过我还有一个使我自豪的儿子。"老太太说。"他是做什么的呢？"记者问。"他正在地里挖土豆"。虽然人分中外，事隔千载，杜老太这一点倒是和刘大叔"英雄所见略同"，如果用一个词来形容，那就叫：朴实。

第三辑　繁华素心

方言与文化

如今,被人说没文化是很丢人的事。这不,上海某晚报因一篇文章中有"说上海话没文化"的言论,没想到竟掀起轩然大波,众多网民口诛笔伐,形成巨大压力,结果晚报被迫道歉,编辑受到处分。此事的是非曲直姑且不论,至少有一点是令人欣喜的,大家都以有文化为荣,没文化可耻。须知,30年前还有许多人以"大老粗"为荣,尊奉"知识越多越反动"的谬论,所以就这一争论来看,社会进步还是明显的。

但要说清方言与文化的关系,也是一件很复杂的事,讲方言和有无文化并无直接关系,但有时又确实被人硬捆绑在一起了,就是从一个人的口音来判定其是否有文化。

从历史上来看,讲陕西方言曾被视为有文化的表现,因为西安做了多年古都,曾是大批文化人云集之地,川人李白,豫人杜甫、白居易,鄂人孟浩然,当时大约都要操一口半生半熟的陕西话来交流。有宋一代,讲东京(今开封)方言,也是有文化的表现,想想看,苏东坡、柳三变、辛弃疾、秦少游们,都曾用开封话吟诵其不朽诗篇,肯定会让今天颇受冷落的开封人备感欣慰。

北京话从方言变为"国语",现在叫普通话,也不过几百年历史,当然,严格讲,普通话是"以北京语音为标准音,以北方话为基础方言,以典范的现代白话文著作为语法规范"的现代汉民族共同语。这得感谢明成祖把国都从南京迁往北京的同时,也把大批文化人和文化典籍一起都裹挟而来,使北京成了文化中心。

国外也不乏此事。法语曾在很长一段时间里被当成最优雅、最有文化的语言,以至于18、19世纪的欧洲,特别是东欧,那些贵族的文化沙龙里,都以讲法语为荣,讲本国方言反被视为没文化的表现。在托尔斯泰的小说《战争与和平》里,多有这种场景的描写。贵族家的孩子发蒙,别的可以不学,法语是一定少不了的,否则长大了会被人瞧不起。

美国前总统小布什,就是因为说话带有土里土气的南方口音,而屡屡成为嘲笑对象,自然也包括没文化之类讥讽,其实人家小布什还正经是美国哈佛商学院的高材生,是第一个有MBA学位的美国总统。

可见,将口音与有无文化相联系毫无道理。国学泰斗章太炎讲余杭方言,学问大家王国维讲浙江海宁话,史学巨擘顾颉刚讲苏州方言还严重口吃,大"理论家"陈伯达讲福建话,诗人儒将陈毅讲四川话,他们都是一辈子讲方言,真正的"乡音未改鬓毛衰",可谁又能说他们没文化呢?当然,浓重的方言也确实影响了他们的对外交流,有一次章太炎开讲,慕名而来者把礼堂挤得水泄不通,可他的方言实在听不懂,只好每讲一句再要他的学生"翻译"成国语,实在大煞风景。

再看看今天的舞台、屏幕上,几乎已形成表演定式,讲带有江浙口音普通话的多半是专家学者,讲带有广东口音普通话的八成是老板大款,讲东北口音的则肯定是农民——这要感谢赵本山,讲四川口音的是农民工,这些角色的文化差异是非常明显的,而文化差异如果和方言固定挂钩,也不无文化歧视之嫌。好在大家都很豁达,知道这是演戏,不必当真，哈哈一乐也就过去了。

当然，讲方言也有占便宜的时候。军阀阎锡山是山西五台人，特别重用老乡，流传民谣："会说五台话，就把洋刀挎。"当初奉军横行北京时，谁要会骂一句地道的"妈巴子"，售票员都不敢要他买票。早些年，我在西安交大读书，食堂卖饭师傅都是上海人，我跟上海同学学了几句上海话，每次打菜都要比别人略"丰盛"一些。看来，讲方言有无文化且不论，时不时也有"意外收获"呢。

狮子搏兔

狮子搏兔，比喻能力强大的人，对小事情也拿出全部力量认真对付。用到写文章上来说，就是学富五车的大学问家，十二分认真地写小文章。

有些人瞧不起小文章，认为那是豆腐块、雕虫小技，没啥意思；似乎只有写长篇巨著，才有价值，才是名山事业，值得一写。其实，一般来说，把文章写长来得较容易，就像熬粥，尽管往里添水也就是了，无非稀一点罢了。而把文章写得短而精反倒更困难，篇幅不能长，内容又不能少，因而需要反复修改、推敲，删繁就简，极见功力。所以，真正的大家多不敢小觑豆腐块，写的时候都极其认真投入，如同狮子搏兔。正因为如此，我们往往没记住他们的长篇大论，流传开来的多是他们的精美短文。

王国维，国学大师，满腹经纶，学贯中西，生平著述62种，被誉为"中国近三百年来学术的结束人，最近八十年来学术的开创者"。然而，他最出名的却不是长篇阔论的学术著作，而是短文集《人间词话》，每篇长不过三四百字，短则一二百，却字字珠玑，美不胜收，真知灼见，无处不在。非学问大家，不足以写成此文。

梁启超，思想家、教育家、史学家和文学家。这位是真能写大文章的奇人，一生著述1000多万字，可谓著作等身。著名军事家蒋百里先生留德归国后，写了五万言的《欧洲文艺复兴史》，请梁作序，不料他文思泉涌，序成竟然也是五万字，成为一时美谈。可是，他影响最大的却是千把字的短文《少年中国说》。

林语堂，文章泰斗，一代鸿儒，"两脚踏东西文化，一心评宇宙文章"。既能把巨著《京华烟云》写得气势宏大，汪洋恣肆；也能把《生活与艺术》里那些短文随笔写得小巧玲珑，意蕴优美，让人读来爱不释手，领略了什么是"中国式幽默"的真谛。

季羡林，才高八斗，学富五车，精通多国文字，在多个领域都有不凡建树。可是学界之外，他的皇皇巨著《糖史》有几个人看过？他的学术名作《原始佛教的语言问题》又有几个人能看懂？大家熟知的却是他的《牛棚杂忆》，《病榻杂记》，和他平时写的一些随笔短篇。

此外，还有鲁迅的《杂文集》，梁实秋的《雅舍小品》，周作人的《谈虎集》《谈龙集》，钱钟书的《写在人生边上》，王元化的《思辨随笔》，金克木的《燕口拾泥》《燕啄春泥》，张中行的《负暄琐话》，以及蒙田、培根、帕斯卡尔的随笔集等，都属于"狮子搏兔"的大家小品。这些文章，无不学识厚重，深入浅出，亦庄亦谐，雅俗共赏，文采斐然，引人入胜。

纵观这些不吝"狮子搏兔"的大家泰斗，他们都有一个共同特点：学问博大精深，学养一时之冠，学力超凡入圣。有这"三学"为基础，再来非常认真地撰写小文章，即所谓"狮象搏兔，皆用全力"，那文章的含金量该有多高，可想而知。因而，我非常赞同那些学问大家，文化泰斗，也隔三差五抽空给普通读者写点随笔短文，让我们也能时不时"亲近"大家泰斗，聆听教诲，一饱眼福。

当然，大学问家还是应大材大用，以搞大学问为主，多来点"狮子扑鹿"，"猛虎扑羊"之壮举。不过，闲暇之际，偶尔"狮子搏兔"，牛刀小试，搞点小文章，写点大家小品，对于普及科学，宣传文化，传承历史，教化民众，也是很有意义的事。只嫌其少，不怕其多。

壮哉，陈汤

陈汤，字子公，山阳瑕丘（今山东兖州北）人，西汉大将，他有一句流传千古的名言："犯强汉者，虽远必诛。"大义凛然，回肠荡气，被认为是史上军人最强悍、最自豪、最长我志气的不朽名言。

陈汤为人"沉勇有大虑，多策谋，喜奇功。"（《汉书傅常郑甘陈段传》）一次，他被任为西域都护府副校尉，与校尉甘延寿奉命出使西域。陈汤对甘延寿说："郅支单于剽悍残暴，野心勃勃，是西域的祸患，如果我们突袭郅支，定能建立不世功勋！"甘延寿认为他的分析很有道理，便说要奏请朝廷同意后行动。陈汤说："这是一项大胆计划，那些朝廷公卿都是些凡庸之辈，一经他们讨论，必然认为不可行。"陈汤等了一天又一天，焦急之中便果断地采取了假传圣旨的措施，调集汉朝屯田之兵及车师国的兵员。甘延寿听到这一消息想制止时，陈汤愤怒地手握剑柄，呵斥延寿："大军已经汇集而来，你小子还想阻挡大军吗？不抓住战机出击，还算什么将领？"甘延寿只好依从他，带领起各路、各族军兵四万多人，规定了统一的号令，编组了分支队伍序列，大张旗鼓向北进发。

甘延寿与陈汤将大军分为六路，三路走南道，过葱岭（喀喇昆仑山脉西部）经大宛；另三路走北道，入赤谷，过乌孙与康居境，陈汤沿路捕获康居副王的亲属及一些贵族，经过解释，他们愿做向导，并将郅支的情况作了详细介绍。只见城头上彩旗飘展，数百名披甲兵士登高守备，甘延寿与陈汤观察之后便令军士四面包围其城，以密集弓箭杀伤守城兵士，展开对射。第二天，陈汤身先士卒，带领将士四面齐用火攻，又击鼓助威，冒着烟火突破外围的木栅，冲进土城，全歼守军，生擒郅支单于。

大胜之后，甘延寿、陈汤给汉元帝发去那封流传千古、扬眉吐气的疏奏："臣延寿、臣汤将义兵，行天诛，赖陛下神灵，阴阳并应，陷阵克敌，斩郅支首及名王以下。宜悬头槁于蛮夷邸间，以示万里，明犯强汉者，虽远必诛！"这次胜利，结束了西汉与匈奴的百年战争，为遇难受辱的汉使报仇雪恨，保证了西域人民的安定生活，大大提高了汉朝在西域各国的威信。

我们是爱好和平的民族，决不侵略掠夺别的国家的一寸领土，也绝不允任何外敌染指我们的大好河山，"朋友来了有好酒，若是那豺狼来了等待它的是猎枪"。陈汤的"犯强汉者，虽远必诛"，就表明了中华民族不可侮的英雄气概，表明了我们有同敌人血战到底的坚定决心，表明了我们有诛灭一切入侵之敌的必胜信心，所以，为历代军人所极力推崇，成为许多军人激励士气的名言。

"犯强汉者，虽远必诛。"壮哉，陈汤！

高雅是"装"出来的？

小品演员赵本山在接受媒体采访时曾表示："突破、超越、提高品位，是我最不爱听的词，我一听'高雅'就迷糊。我觉得'高雅'都是装出来的，我还就是喜欢'俗'。"

不能说老赵的话没道理，实事求是地讲，许多高雅文化和高雅文化的欣赏者，就是装出来的。所谓"装"，即学习、模仿、试验，可能刚开始装得不大像，很蹩脚，很幼稚，但只要坚持下去，装着装着就自然了、习惯了、提高了，然后就突破了。"装"是学习高雅文化一个绕不过去的初级阶段。想想我们第一次听交响乐，第一次看芭蕾舞，第一次欣赏意大利歌剧，是不是都有点像刘姥姥进大观园，听得稀里糊涂，看得莫名其妙？后来听的多了，看的多了，不是也就慢慢入门了，开窍了，学会欣赏了，审美情趣也就渐渐趋向高雅了。

何谓高雅文化？仁者见仁智者见智，清华大学教授肖鹰用三个特点来界定高雅文化：首先它的艺术形式经过漫长的历史锤炼，不仅成熟精湛，而且具有独立的文化学甚至人类学价值；第二，它是积极向上的，能提升民族文化、适合民族精神生活发展需求；第三，具有高度的原创性，而低俗文化存在大量简单粗糙的复制和模仿。

我还想从欣赏的角度再补充一点，欣赏高雅文化，要有一定文化程度，文盲或半文盲恐怕不成，山野樵夫钟子期能听懂伯牙鼓琴，也只是传说罢了。欣赏高雅文化，还因其厚重的文化内涵，往往会引起我们思想的共鸣，同时也宜在庄重之所。而消费低俗文化，则多半重在感官刺激，所以，既不要求文化程度，也不要求思考，只要会咧着大嘴傻笑就行了，自然越是喧闹之地就效果越好。

当然，高雅文化并不是只与舶来品划等号，民族文化里照样有很多高雅的形式与内容。譬如国粹京剧，在梅兰芳等大师对京剧进行改革之前，旧京剧确有许多低俗内容，怪力乱神，荒淫诡异，封建迷信等，俗不可耐。改革后，不仅从唱腔、程式、道具、服装都有了长足进步，更重要的是在内容上，充实了一批清新、积极、进步的经典剧目，并由一开始的硬着头皮"装高雅"坚持下来，相习成俗，蔚然成风，京剧就这样慢慢步入高雅的艺术殿堂。

同样道理，东北二人转的艺术价值和欣赏价值，为什么至今仍遭到了一些人的质疑，就是因为其形式与内容不仅有通俗的一面，而且还有低俗的一面，也需要往高雅的方向靠一靠，或者说"装一装"。而如果二人转还像赵本山说的那个态度，最不爱听"突破、超越、提高品位"这几个词，当然也不准备实践这几个词，那二人转就很难走出东北，即便在东北也有萎缩的可能，这并非危言耸听。道理很简单，随着人们文化程度的日益日高，他的审美情趣也会水涨船高，那些热闹低俗、只会带来感官刺激的文化形式，将会逐渐淡出他的视野。甚至可能会发展到有一天，大家约定俗成，都认为看某种文化形式是"没文化的表现"，其命运就岌岌可危了。

这些年来，大衣哥、草帽姐、阳刚组合的表演，一鸣惊人，满堂喝彩，这就告诉我们，高雅文化其实离普通群众并不远。倘若咱们的农民兄弟都开始"装"高雅了，而还有哪一种艺术形式仍视高雅如仇敌，与高雅势不两立，它就真得要考虑考虑自己的发展空间了。

文化的最高欣赏标准是雅俗共赏，雅，不妨就从"装"开始；俗，别忘了是通俗而不是低俗。

总有一块自家的园子

  天下之大，人口之多，人生之短，时光之快，尽管我们都是历史的匆匆过客，但不论名人显贵，还是贩夫走卒，每人都有一块自家的园子。有的大些，有的小些；有的菜蔬满园，百花盛开，有的荒芜一片，杂草丛生。周作人有《自己的园地》，王小波有《我的精神家园》，都是一时名园。咱不和人家乱比，耕耘好自家的园子也就是了。这个园子，当是精神的家园，事业的家园，亲情的家园。

  精神的家园，承载着我们的所思所想。法国思想家帕斯卡尔说"人是会思想的芦苇"。这就意味着，思想并非只是那些思想家的专利，是卢梭、康德、伏尔泰、孟德斯鸠们的垄断行业，我们这些凡夫俗子同样可以思想，想人生，想宇宙，想社会进步，想民主法制，而事实上平民思想家出彩、出色的也不少。所以，我们大可不必在精神上自惭形秽，自缚手脚，甘居人后。如果说大思想家的园子纵横数里，阡陌相连，而我们的园子只有方寸之间，弹丸之地，那也没关系，性质都是一样的，我们都在积极地思考，都在追求"自由之思想，独立之精神"。如果说大师巨匠的园子门庭若市，熙熙攘攘，我们的园子门可罗雀，车马稀少，那也不妨自得其乐，享受思考的愉快，采摘思想的果实。来吧，在自家的园子里，栽下一棵玫瑰，享受带刺的芬芳；种下两棵秋菊，欣赏它傲霜的英姿。

事业的家园，充满了我们的追求和理想。事业有大小，但理想同样珍贵。有的事业惊天动地，气壮山河，有的事业默默无闻，自生自灭；有的事业高雅无比，譬如"为往圣继绝学"之类，有人的事业俗到极致，像补鞋、修车、理发、缝纫等等。不管干什么，都不能盲目鄙薄，自轻自贱。拿破仑的事业是拿长剑打遍天下，巴尔扎克的事业是用笔杆征服世界，孰轻孰重，如人饮水，冷热自知。严子陵宁愿垂钓富春江，也不愿到汉光武那里当重臣显贵，富春江就是他的事业家园，当得起"先生之风，山高水长"。亚历山大大帝慕名前来拜访古希腊哲学家第欧根尼时说："我可以满足你一切要求，你有什么希望就告诉我。"第欧根尼呆在自己所住的酒桶里，毫不客气地说道："我惟一的希望就是请你退到一边，因为你遮住了照在我身上的阳光。"我们也需要这样的自信与潇洒，因为自己的家园不比任何人差。

亲情的家园，更是我们引以骄傲的出色领地。因为它与钱财无关，与权势无涉，与职业无关。所以，农家小院，常闻欢声笑语，皇宫大殿，往往杀机四伏；贫寒家庭，安享天伦之乐，豪门世家，常见骨肉相残。当然，亲情的家园，也不会自然降临，要靠我们精心经营，倾力投入；亲情的家园，固然也要以钱为基础，更要以心来维系，以孝心对父母，以爱心对家人，以真心对亲朋。家境贫困的大学生洪战辉，带着捡来的妹妹上学，靠着勤工俭学，自食其力，不仅养活了自己，还给了妹妹一个温馨的家园，谱写了一曲亲情的颂歌。河南一名普通矿工谢延信，30多年精心照顾亡妻的父母和傻弟弟，用简单的道理过简单的生活，把一个原本陷入绝望的家庭变成了和谐幸福的家园，他也当选感动中国十大人物，他的家园也成为最温暖的家园。

　　再偏远的世界，再卑微的人物，也总有一块自家的园子。园子虽小，我却有绝对主权，"风能进，雨能进，国王不能进"。那么，看好、建好、管好自家的园子，我们就有了一块自由思想的栖息地，有了一个施展身手的戏台子，有了一处遮风避雨的安乐窝，可进可退，可攻可守，然后才能指点江山，笑傲江湖。

由"妖精打架"说起

在《红楼梦》里,有一个著名的"香囊门"事件。小丫头傻大姐,在大观园山石背后拾得一个五彩绣香囊,上面绣的是"两个人赤条条的盘踞相抱"。傻大姐不认得这是"春意",心想:"敢是两个妖精打架?"结果被正存心找事的邢夫人发现,直接引发了抄检大观园的轩然大波。

在如何处理"香囊门"事件上,其实宁荣二府领导层也是有争议的。当家的王夫人尽管保守,但还算通情达理,在她看来,虽然香囊是"小夫小妻"用的"一件玩意儿",的确不雅,但毕竟是"年轻人儿女闺房私意"。王熙凤也没看得太严重:"这东西也不是常带着的,我纵有,也只好在家里,焉肯带在身上各处去?"可是,以邢夫人为首的"讨伐派"却一再施加压力,抓住不放,当然,她是醉翁之意不在酒,想借机发难,指责王夫人管理无方,纵然扳不倒王夫人,也让她难受一阵子,给她添点恶心。末了,还是"讨伐派"占了上风,大肆查抄大观园,闹得鸡犬不宁,人心惶惶,还导致了司棋与晴雯的死于非命。

王夫人是个没见识的人,可在这个事情上,她的看法大体不错:香囊不过就是"年轻人儿女闺房私意",没啥了不起的。她这个观点,更早的西汉时大臣张敞也说过。张敞因为太太眉角有点缺陷,所以每天要替她画眉。有人把这事给汉武帝打小报告,汉武帝对张敞问罪。张敞回答说:"闺房之乐,有甚于画眉者。"意思是夫妇之间,闺房之内,还有比画眉更过头的玩乐事情。汉武帝想想,也是这个理,于是一笑了之。

前些年,咱们的香港演艺界也闹了一回"艳照门"事件,跟"香囊门"事件有点相似。本来,不论做香囊也好,拍艳照也好,都属于个人隐私,男欢女爱,床笫之私,古今中外都一样,没必要小题大做。可咱们的一些娱乐媒体、舆论和网友表现得关于"积极"、亢奋,他们以"讨伐派"自居,口诛笔伐,骂声铺天盖地,逼得男主角退出娱乐圈,亡命天涯,女主角终日以泪洗面,沉痛检讨说"自己太天真、太傻"。

事情这都过去那么久了,女主角阿娇出了一本书《天使在人间》,于是又被人们旧事重提,万炮齐发,骂她一个狗血喷头,说她无耻,说她厚脸皮,说她根本不配叫天使等等。依我看,这就有欠厚道了,文明程度与宽容胸怀,连王夫人、王熙凤都不如了,更不待说汉武帝了。昔日,一个"妖精打架",就气死了晴雯,逼死了司棋;今天就不要在这件事情上大做文章了,既没意思,也显得格调低下。

当然,也得奉劝那些爱闹绯闻的明星们一句。虽然现代版的"妖精打架"之类,是你们明星们的愿打愿挨,个人隐私,但还是隐蔽一点,小心为妙。闺房里闹出什么花招都行,怎么折腾都不算错,千万别拿到外边来,一旦播弄到大庭广众之下,就好像在闹市晾晒内裤,即便是国际名牌,是限量版,也总是不那么好看。

写多必失

言多必失,这是一句家喻户晓的老话。失,主要是失之于准确,或道听途说,或以讹传讹;失之于分寸,或交浅言深,或话大口满,不留余地;失之于妥当,或不懂忌讳,或不看对象。

写作是语言表达的另一种形式,倘若写得太多,太滥,太随意,也不免会笔下有误,笔下有失。失之于精彩,失之于新鲜,失之于创意,失之于生命力和影响力。

所谓"写多",主要有两种情况,一是每一部作品的字数太多。几千字篇幅的东西,尚可反复修改,精雕细刻,以把失误减少到最低程度。可是几十万上百万的长篇阔论,光是粗看一遍就要十来天,修改一遍更是要花一两个月工夫,谈何容易?再加上,现在的作家文人大都很浮躁,急功近利,根本耐不下心来反复修改润色,所以作品往往"硬伤"频仍,文史常识错误不断,甚至连标点符号也用不好。至于出错别字则更是家常便饭,蒲松龄笔下的"嘉平公子"屡见不鲜,"无错不成书'",竟成时下书界的"时髦"之举。

二是写作的篇数、部数太多。譬如一个散文家，如果一生写上几千篇，在我看来就有些多了。因为它很难篇篇都有新意，篇篇都是佳构，好的散文需要苦心孤诣，独出机杼，别开生面，与众不同。倘若写的很多，但却在不断重复自己，毫无新意，看一两篇尚感觉不错，看多了就有似曾相识之感。写作重复自己，就好像名闻遐迩的南京冠生园，把上年的陈馅月饼卖给消费者，也许一时能不少赚钱，但早晚是要垮台的。

再如写诗，诗人写的太多也未必是好事。诗言志，可"志"是稀缺资源，不会有那么多，老是言志，就显得絮叨、虚妄、造作，"为赋新辞强说愁"。所以，诗人写的太多，也难免有失，失之于无病呻吟，失之于缺乏真情，失之于肤浅平庸。乾隆皇帝一生写诗四万多首，产量几可等同《全唐诗》，但因为多是应酬、应景之作，失之于虚、滥、妄、假，竟然连一首也没有流传开来。

陆游一生写诗9000多首，佳作不少，滥竽充数的也有。他光是写梅的就有上千首，其中不乏重复平庸之作。后代诗评家曾评点说，你陆游大可不必写那么多，其实只有一首《示儿》就足以不朽了。

清代思想家龚自珍说："著书都为稻粱谋"。如果写作仅仅是为了养家糊口，那么，批量生产，重复自己，新瓶老酒，热炒剩饭，都可以"理解"，无可厚非。但这样的写法，写得再多也只能称为"写手"，即便勉称作家，那也只能算是三流或不入流作家。倘若文人们已解决了温饱问题，既不为衣食所忧，还想写出点流传后世的精品佳作，还想在文学史上占有一席之地，那就要严格控制自己的写作欲望和写作冲动，搞好写作"计划生育"，少写精写，走精品路线，"宁食仙桃一口，不食烂杏半筐"。

当代作家，高产的很多，日成万言者，一年写百万字者也不乏其人，但真正的名家大家却很罕见。其重要原因之一，就是作家们写得太多、太滥，萝卜快了不洗泥。写的多就难免有失，失之于没有新意，失之于粗制滥造，失之于急功近利，失之于胡编乱造，失之于真情缺乏等等。所以，尽管中国年产长篇小说四千多部，占世界总产量的一半以上，却没有一部入选诺贝尔文学奖的评奖范围，更谈不上折桂夺冠，独领风骚。

　　写多必失，教训不少，愿一切作家、诗人们都引以为鉴，深思、反思，把作品产量降下来，把作品质量提上去，走精品路线。

善待早叫的"公鸡"

"一唱雄鸡天下白"。如果把思想的先驱者、新文化的启蒙者比作司晨的公鸡,那么,这只公鸡什么时候叫合适呢?

叫早了太危险,又讨人嫌。《半夜鸡叫》里的周扒皮,就因为叫得太早,太超前了,险些被那些困得要命的长工们活活打死,他是有点咎由自取,想发财想疯了。20世纪50年代,国人还都在比着生孩子时,马寅初先生提出《新人口论》,结果被围剿,受迫害,长达二十年之久,如果那个时候能认真听听马先生的"早叫",我们今天就不会有这么大的人口压力,正所谓"批错两个马,多生两亿人"。而30年代就在报纸上提倡避孕节育的张竞生,竟被人讥为"卖春教授",又因为出版《性史》,被骂为"性博士",一辈子都没翻过身来。可以说,"早叫的公鸡",一般都没有好结果。

叫晚了没意思。鸡叫三遍,此起彼伏,一片鸡鸣声中,有你这一声没你这一声,都无关紧要,叫不叫都行。可不叫又太窝囊,明明自己真理在手,装一脑袋先进思想、时髦理念,却让它胎死腹中,无声无息,不起任何作用，也颇可惜的。

张爱玲有名言："出名要趁早！"所以，如果"公鸡"叫得正当其时，叫第一声可能就是英雄。暴秦统治，天下无道，民众忍无可忍，陈胜、吴广揭竿而起，一声呼啸：反了！就成了千古英雄。20世纪30年代，传统音乐到了变革的关头，音乐家黎锦晖顶住压力，独辟蹊径，创作出《毛毛雨》等轻音乐歌曲，虽然被当时传统保守势力诬为"文妖"，背了多年骂名，最后终于被社会承认，公认他是中国的流行歌曲之父、轻音乐的"奠基者""创始人"。

然而，怎样叫得"正当其时"是很难把握的，不是早了点，就是晚了点。什么时候叫最合适呢？倘若太早，半夜三更，大伙睡得正香，你突然来那么一嗓子，搅了众人美梦，第二天早晨主人或许就会要你的小命。天快亮了，觉也睡得差不多了，此时再叫就正是时候，即便早叫个十分八分钟，也能被人接受。

文革刚结束时，正拨乱反正，急需对全民族进行一次思想启蒙，刘心武不失时机，推出小说《班主任》，卢新华看准火候，发表小说《伤痕》，还有《光明日报》关于真理标准讨论的理论文章，一炮打响，洛阳纸贵。今日看来，这些"叫声"十分肤浅，思想性、艺术性都难称上乘，讲的都是常识性问题，可那个时候，该有"公鸡"叫的时候，他们当叫则叫，适应了天时地利人和，于是在思想解放的大潮中，就成了呼风唤雨的弄潮儿。

"公鸡"，尤其是"早叫的公鸡"，他们敏感，勇敢，悟性高，富于责任心和使命感，看准的事义无反顾，常以天下为己任，是一个民族的精英与先知。尽管历朝历代都有"早叫公鸡"遭到摧残甚至死于非命的悲剧发生，但他们却前赴后继，代代不绝，因为在他们心中，还有比身家性命、个人荣辱更重要的东西。1959年的庐山会议上，彭老总也是一"早叫的公鸡"，其实他也就早叫了半年，他《万言书》上"鼓与呼"的那些事，半年后就再也遮盖不住了。明明真理就在他手里，他却付出了极其沉重的代价，这是他的光荣，也是打压他的"叫声"者的耻辱。

因而，对那些叫当其时的"公鸡"，如作《警世钟》的陈天华，翻译《天演论》的严复，作《狂人日记》的鲁迅，编《新青年》的陈独秀等，我们固然要表示十分的敬重，感谢他们把大家从沉沉昏睡中叫醒，恭恭敬敬地给他们戴上思想家、先哲的堂皇冠冕。对那些"早叫的公鸡"，也要格外宽容，有点雅量，不要着着急急就把他们打成"文妖""怪胎""邪说异端"，而应仔细想想叫得有无道理，有无可取之处。或许，今天的离经叛道，就会成为明天的普遍真理，今天的"偏激分子"，明天就可能会被尊为一代圣贤，遇罗克、顾准、孙冶方、林昭、张志新等，就是例证。毕竟我们都是历史上的过客，谁也没有掌握绝对真理，动用手中的裁判权时，一定要慎之又慎。

"平生不敢轻言语，一叫千门万户开"。社会进步，思想启蒙，开发民智，倡导科学，都离不开"公鸡"，也包括那些"早叫的公鸡"。

要吃"冷猪肉"先坐"冷板凳"

著名历史学家范文澜有句名言："坐得冷板凳，吃得冷猪肉。"旧时，如果哪一个文人道德高、学问精、成就大，死后牌位便可入文庙，置于两庑之下，有资格分享供奉孔圣人的冷猪肉吃。这就是所谓"二冷"精神。"二冷"是相辅相成的，只有长年累月地苦学苦研，甘于寂寞，坐得住"冷板凳"，才能在道德文章上出类拔萃，成果显赫，最后吃得上祭孔的"冷猪肉"。

范老自己就是"二冷"精神的模范实践者，他著作等身，名扬中外，成为最有资格享用"冷猪肉"的史学泰斗，也正是他不辞辛苦坐了几十年"冷板凳"的结果。就说在延安最艰苦的那几年吧，他从1940年到延安，就在一孔窑洞里开始研究写作，这口窑洞既是他的书房、客厅、办公室，又是他全家的寝室、餐厅、厨房。范老就用几块木板钉上四条木棍当成书桌，又做了个方木凳，坐着这个小板凳，开始了《中国通史简编》的写作。晚上没有电灯，就在烟雾腾腾的小油灯下写作，几个小时下来，两个鼻孔常常被熏黑，早上起来吐痰都是黑的。日复一日，年复一年，当抗日战争胜利时，他已坐着这个小板凳写完《中国通史简编》90万字，《中国近代史》20万字，还有几本小册子和大量论文。他在回顾这一段不凡经历时，又把自己治学心得写成一副对联："板凳须坐十年冷，文章不写一句空。"也可以理解为他对"二冷"精神的进一步诠释。

古今中外，要想成就一番事业，在"立德、立功、立言"上有所建树的人，大概都少不了这"二冷"精神。汉代学者董仲舒，为研究学问，曾把自己关在屋里苦读，"三年不窥园"，终成一代大儒。爱因斯坦，曾在伯尔尼瑞士专利局的办公室坐了7年冷板凳，冷冷清清，少人问津，而正是这7年，是他一生中成果最多的时期，创立了伟大的相对论，奠定了他在世界物理学界的权威地位。成为继牛顿后，物理学界第二个最有资格吃"冷猪肉"的大师。

曹雪芹公，为写《红楼梦》，"披阅十载，增删五次"，"字字看来都是血，十年辛苦不寻常"，坐了十年冷板凳，最后不仅自己享用到了"冷猪肉"，世世被人纪念，而且带来了百年不衰的"红学"热，养活了数万吃"红学"饭的人。

中山大学朱熹平教授和旅美数学家曹怀东教授，也是在坐了十年冷板凳，历经10年潜心研究后，给出了"七大世纪数学难题"之一的庞加莱猜想的完全证明，同时也奠定了自己在世界数学殿堂的历史地位。

这种"二冷"精神，说着容易，做起来却并不简单。因为从时间上来说，"坐冷板凳"不是坐一天，坐个把月，而是要成年累月甚至终身坐下去，需要有过人的毅力和持之以恒的精神；从舒服程度上来说，这种板凳既冷且硬，既不是主席台上的皮坐椅，也不是会客室里的软沙发，久坐肯定腰酸背痛，难以忍受，因而需要吃苦耐劳精神；从待遇上来说，"坐冷板凳"期间，还可能要经常忍受别人的冷眼、冷脸、冷遇，听冷言冷语，受冷嘲热讽，所以还要有甘于寂寞不为人言所动的精神。

有了这几条精神，就能把冷板凳有条有理、有滋有味地坐下去，别人视如畏途，我却甘之如饴。果如此，学问的精进，研究的深入，事业的成功，名声的传扬，那也是早晚的事，拦都拦不住；其中特别突出者，彪炳史册，千古留名，安享后人的"冷猪肉"，也是实至名归，顺理成章之事。

感谢"粉丝"

过春节时,成都一个作家朋友给我打电话说:"碰到了你的一个铁杆粉丝,数十年如一日地搜集你发表的文章,已经贴了两大本,我看了都很感动。"据朋友说,这个粉丝已七十多岁了,原来是个搞文化的干部,一直很喜欢我的文章,但不知道我在哪个单位工作,没办法取得联系。我就对这个朋友说,请你转告那位老同志,谢谢他,我一定尽快把我出过的所有书都寄一本给他。

一个写作的人,最大幸福莫过于有一群忠实的读者,用时髦语言来说就是"粉丝",一直喜欢你的文章,关注你的创作动态,热情地给你提建议,帮你挑文章中的毛病,督促你不断提高。粉丝不一定多,但一定要货真价实,不是瞎凑热闹,乱赶时髦,谁大红大紫就吹谁捧谁,谁不为媒体所关注就赶快改换门庭,再找新宠,那实际上是"伪粉丝",多几个少几个都无所谓,价值不大,凑数而已。我的粉丝不算多,但"质量"都很高,对我帮助很大。

我的粉丝中老年较多,可能我和他们有更多共同语言,但也不乏时尚青年，有一个年轻粉丝写信给我说，他全家都很喜欢我的文章，他就是看着我的文章长大的，这倒也不夸张，因为他才二十多岁，我写作也有二十多年了。他买到我的一本《丝路花雨》后，因为特别喜欢，竟然把全书二十万字在电脑上重新敲了一遍，然后一篇篇发到网站上，以扩大我的影响，与网友共同欣赏。

还有一个粉丝也很让我感动。他不知从哪个编辑那里打听到我的电话，告诉我说：他跑了很多家书店，也没买到我的书，好不容易在北京图书大厦买到一本我的杂文集《大愚若智》，回来后几个好朋友传着看，结果一个朋友把书带到单位弄丢了。他非常生气，差一点儿因此和哪个朋友绝交。我赶忙安慰他说：没关系，我这里还有存书，马上给你寄去。

河南开封市有一个女粉丝，影响到她的孩子也喜欢看我的书，还专程带着上高中的孩子来看我，让我和他的孩子谈人生，谈奋斗，谈理想，谈写作。以后这孩子还和我多次通信，寄来作品让我修改，帮助发表，最后考上了北京大学中文系，现在也成了一个小有名气的文学评论家。

虽说文人作家大都坚信"文章是自己的好"，我可没这么好的自我感觉。我的文章还远谈不上字字珠玑，篇篇锦绣，虽然偶有几篇写得不错的，独出机杼，不落窠臼，但就总体水平而言，不仅不能和大师相提并论，就是与时下一些走红的作家相比也不能望其项背，对此我是深有自知之明的。

所以，每当遇到粉丝的热情赞赏和肯定，常使我感到惶恐不安，也催我努力提高，苦心孤诣，认真把文章写得更好，以不辜负粉丝的厚爱。如果实在有一些应景的文章要写，如果写了一些质量尚可但有失水准的文章，我能不发就尽量不发，一定要发表也多用笔名。我当珍惜粉丝们对我的认可与信任，珍惜这来之不易的"小有名气"，在自己的方寸家园，辛勤耕耘，开花结果，写出更好的文章。

不说"鬼话"说"人话"

台湾著名杂文家柏杨宣布封笔时,在他最后的作品为《柏杨曰》作的序中,他以一句"不为君王唱赞歌,只为苍生说人话"戛然结尾,掷地有声。

何谓人话?解释颇多,见仁见智,我觉着,一个正常人说的话,不违反人性、人伦、人道、人情的话,就可叫"人话"。而与此相反的话,即那些有逆人性的话,有违人道的话,或可叫"鬼话"?

《论语》中有这样一个故事,马棚失火了,孔子退朝后,有人向他禀报,孔子急问"伤人乎",而不问马,这就是典型的"人话",用今天的话来讲就是以人为本。

春秋战国时,乐羊作为魏国的将领攻打中山国。当时他的儿子就在中山国内,中山国国君把他的儿子煮成人肉羹送给他。乐羊端着肉羹一口气喝完后,便大举进攻,灭了中山国。魏文侯称赞说:"乐羊为了我的国家,竟吃了自己儿子的肉。"睹师赞却说:"连儿子的肉都吃了,还有谁的肉他不敢吃呢!"睹师赞在历史上籍籍无名,但他应该永垂不朽,因为他说了句"人话"。

晋惠帝糊涂颠顶，说了不少"鬼话"，譬如那句著名的"何不食肉糜"，但他也说过颇为感人的"人话"。西晋"八王之乱"时，嵇康之子嵇绍随晋惠帝出征。兵败，护驾的群臣兵将纷纷逃命，作鸟兽散。最后，只剩下嵇绍一人，拼死保护晋惠帝，敌方将领冲上来要杀嵇绍，已经身中三箭自身尚且难保的晋惠帝竟拉着敌将的手高叫道："他是忠臣，杀不得！"敌将不容分说，一刀砍下嵇绍的脑袋，鲜血溅了晋惠帝一身，晋惠帝当时就昏了过去。后来晋惠帝脱险回朝后，就一直穿着这件满是血污的龙袍不肯脱，大臣们劝他脱下来洗洗，他大嘴一咧就哭起来："这上面是忠臣嵇侍中的血，千万不能洗呀！"（《水经注》卷9）

人之将死，其言也善。曹操一辈子说过不少"鬼话"，"宁使我负天下人，不使天下人负我"，便是其中最典型的一句，不过，在他临终前的遗嘱里，颇有不少"人话"可圈可点。他说我这一生，做了很多的事情，有对的也有错的，犯的小错误发的大脾气不值得你们效仿。下面就唠唠叨叨地讲一些家务事，房间里的熏香要用掉，不要浪费；让老婆丫头们继续住在铜雀台，葬礼从简……没有豪言壮语，没有政治功劳，没有励志大话，但却是近人情、合人性的"人话"。

"吃人饭不说人话"，是国人骂人较狠的一句。古代圣贤、名流虽然说了很多"人话"，但也说过不少"鬼话"。朱熹就说过"存天理，灭人欲"；"饿死事小，失节事大"也是宋儒的发明；"不能流芳百世，宁可遗臭万年"，则是东晋野心家桓温的名言；慈禧老太婆的"宁赠友邦，不与家奴"，更是可恶之极。"鬼话"流毒甚广，害人不浅。

即是今天，此类"鬼话"仍不少。克拉玛依大火，竟有人高喊"让领导先走"，丧心病狂啊，几百个花一般的少年葬身火海。《法制日报》几年前曾登过一条消息，农民刘福民因妻女被拐卖找到镇派出所，要求惩治罪犯而屡遭毒打，其所在县的相关负责人分别在刘的上访材料上批示:"到银河系找外星人解决""到月球找秘书长处理"等,对老百姓说这样"鬼话"的人,真是猪狗不如!

再譬如,"中国穷人上不起大学是因为收费太低""国有资产即使是'零价格'甚至负价格转让,国家也不一定吃亏""起征点太高就剥夺低收入者作为'纳税人'的荣誉""医生收红包可令医患关系更和谐""房价骤降房地产崩盘,中国所有人将付出沉重代价"等等。虽然大都是出自专家之口,但都是不折不扣的"鬼话",有违良知,有悖常识,有渎人道,有逆人性。说句狠话,真应该让他们都见鬼去吧!

当然,不说"鬼话"说"人话"固然重要,干"人事"更重要,还要多干顺民意、得人心的好事,否则就是口惠而实不至了。

默多克也在仰望星空

　　罗马皇帝有句名言：金钱没有臭味。时下的某些搞新闻出版的"行家"，对此深以为然，奉为圭臬，并积极实践。在他们看来，只要能吸引读者眼球，能大把挣钱，就什么新闻都能发，什么书都敢出，譬如明星艳史、黑帮内幕、显要丑闻、大腕婚变等等，管他什么狗咬人还是人咬狗。

　　不过，有个传媒行家中的行家——传媒大亨默多克，却做出惊人之举，让那些捞钱有方的大小传媒"行家"们大跌眼镜。默多克旗下有个出版集团，曾接下了因杀妻案被捕但又因证据被破坏而被释放的美国橄榄球明星辛普森的自传《如果我做了》，这本书既有秘闻，又有悬念，集凶杀、明星、情变、破案于一体，极具卖点，肯定会畅销，大赚一笔。然而，当默多克获悉这一消息后，毫不犹豫、毅然决然宣布取消该书发行和人物专访计划，并对辛普森案件的受害人表示道歉。也就是说，他甘愿放弃了这一发财的绝好机会，把送上门的财神推走了。

　　平心而论，默多克虽然很有钱，但他用钱的地方更多，况且钱对谁都是多多益善，谁和钱都没仇，以他几十年养成的精明头脑，见了挣大钱的机会是绝不会轻易放弃的。而且，他也不是一个胆小怕事的人，我行我素就是他的一贯作风，他的新闻集团虽以"新闻"起家，但超过60%的收益来自"娱乐"及相关产业，因此而饱受指责，他毫不理会；收购《泰晤士报》后大力裁员，面对游行他泰然自若；大张旗鼓地迎娶足可以做他孙女的邓文迪，引起舆论大哗；然后又离婚再娶，他怡然自得，他怕过谁？

那么，为什么会拒绝这一发财之举，究竟是出于内心道德良知，还是考虑到社会影响与社会效益，默多克没有说，但不管哪一种原因，他放弃了这一本亵渎公道颠倒是非的书的出版，这就够了。其实，古今中外，那些正人君子之所以能做好事而拒绝做坏事，无非就是这两种动因，用康德的名言来说，就是随时想到"头顶星空，心中道德"，用曾国藩的话来说，就是害怕"内疚神明，外惭清议"。因此，我们要为默多克坚持正义，不发昧心财的举动叫一声好，这老头真不糊涂！

不由得又产生联想。试想，如果这本书的书稿拿到我们国内，会是个什么结果呢？出版社一哄而上，出版商争先恐后，街头小报争相炒作，连续畅销书排行榜高居榜首，依我所见，恐怕这都是有可能的。不信你看看地摊上摆的那些乌七八糟诲淫诲盗的出版物，想想当初某出版社推出《×××日记》的盛况，某出版社为"用身体写作"作家大开绿灯的慷慨。再联想到一位红得发紫的暴露影视界"潜规则"的录象带丑闻女主角透露，已有数家出版社正和她密切接洽，说不定，过不久就会"隆重推出"××小姐的惊人新作，让她再次"轰动"，也让出版社赚个盆满钵盈。但愿这只是她自己在凭空炒作，自娱自乐，虽然出这一本书肯定能赚大钱，但事关媒体正义的道德底线，人性本能的善恶是非，我们的出版工作者，无论如何，应该比默多克更有觉悟，更富社会责任感吧？

别忘了，不是什么东西都能拿来换钱的，要坚守这条底线，我们还须不断地修炼道德，仰望星空。

赠书如嫁女

俗话说，文章是自己的好。在我这里，书是自己的好。我出过几本书，不论从内容还是装潢，都远谈不上尽善尽美，可是自己却敝帚自珍，把自己的每一本书都看得很金贵，轻不赠人。如果没有合适的赠书人，宁愿在家里堆着。

我出书主要有两个目的，一是自己留个纪念，作个总结；二是赠送亲朋好友，求得同道指点。所以，每次出书后，我都要列一个详细的赠书名单，再反复筛选，最后定下一批我以为书送给他不会被埋没的人，然后恭恭敬敬地写上敬请某先生、某女士雅正、指教，就像送自己心爱的女儿出嫁一样。

送女儿出嫁，我会千挑万选帮她定好一个女婿，人品要好，学识要佳。还要考虑到女儿嫁给他会不会幸福，有无刁蛮小姑，在婆家可否受冷遇，有没有前途，能不能白头到老。

赠出一本书，我也非常关心：这本书会不会被重视，新主人是如获至宝还是视若敝屣，是被人放在床头还是扔在门后，是随便翻翻还是细细阅读；或者看也不看顺手一扔，束之高阁，打入冷宫，从此不见天日，或者干脆和废书报一起直送到废品站？

正因为如此，我赠书和嫁女一样，一不看对方门第，二不看对方钱财，如果没有爱情，不善待我的女儿，任你官再大，钱再多，我也不会答应，免得女儿过去受委屈，当小媳妇。赠书也是如此，我一般不赠三种人，一是高官显贵，因为他没时间看；二是名人大腕，因为他不屑一看；三是不学无术者，他没兴趣看。除此之外，我送的人就杂了，有教授学者，有工人小贩，有普通学生，只有一个标准，他喜欢我的书，他能认认真真看完，见了面还能和我聊几句我书里的文章，不管见解深浅，不论是褒是贬，我都很高兴。

还有外地一些素不相识的读者，听到我出书的消息，就写来热情洋溢的信来索书，有的长期收集我的文章剪报，有的对我发表的文章如数家珍，让我非常感动。宝剑赠英雄，知音最难得，这样的人不赠还赠谁，我就毫不犹豫立刻把书寄去，有了新书还惦记着他。

省电视台一个朋友曾对我说，他把我的赠书放在厕所。我刚一听还有些不高兴，他又解释说，他有个习惯，就是如厕看书，能在他厕所里排上队的书，都是他最喜欢的。明知这个习惯不大好，他还是在厕所里一蹲就是个把小时。我心里这就想，就冲这份真情，只要我出书，就第一个送他。

不过也曾遇到过让我很郁闷的事。我赠给一个朋友的书，不久居然在地摊上发现了，书还很新，连扉页我写给他的几个字和印章都没有撕掉。我当时心痛得直打颤，就好像是自己的女儿被婆家羞辱了一样，二话不说，拉着女儿就走：孩子，跟我回家！我当即把书买回来，从此与这个朋友绝交。

我只有一个宝贝女儿，从美国读书回来，如愿嫁了一个如意郎君，幸福美满，夫唱妇和；我有很多本书，还静静地躺在我的书房，我希望赠送出去的每本书都有一个好的归宿，物得其所。

第四辑　世说新语

一闭一睁之间

在牛年春晚的小品节目《不差钱》里，演员"小沈阳"说了一句很精辟的至理名言："眼睛一闭一睁，就是一天；眼睛一闭不睁，就是一辈子。"

的确，人这一辈子，就是由哭声震天的"一睁"开始，由万物皆空的"一闭"结束。而这大的、一生一次的闭睁之间，又经历了无数次小的、每天的一闭一睁。

大的一闭一睁，每个人只有一次机会，应当格外珍惜，好生对待，莫让年华似水流。在这短暂一生里，要尽量有所作为，有所贡献，洁身自好，不负青春，即便不能青史留名天下知，也要"只留清白在人间"。

每天的一睁，要力争让今天活得积极向上、有意义、有价值；每天的一闭，要闭得心安理得，因为白天没做亏心事，晚上就不会做恶梦。

无数个意气风发的一睁，我们积德行善，修桥补路，无私奉献，就能活得如春花般绚烂；无数个问心无愧的一闭，我们安享成功的喜悦，劳作后的休憩，换来最终的一闭时的安详满足，好似秋叶之静谧。

有人的一闭一睁,别人就要遭殃,因为他只要一睁眼,就在算计着害人,他只有彻底闭眼了,大伙才能安宁,"庆父不死,鲁难未已"。所以,当一个人睁眼的时候,众人都在盼他早日闭眼,也是人生最悲哀的事。

有人的一闭一睁,社会就会受益,他人就能得福。因为他一睁眼,就惦记着张姓孤寡老人有无口粮,王家贫困孩子能否上学……他甘心为人民当马做牛,人民祝愿他长寿如松,眼睛永远不闭。

神话传说,世界原来混沌一片,盘古开天辟地,清者上升为天,浊者下沉为地,这就是一睁;按科学算,若干亿年后地球肯定要毁灭,届时一片黑暗,就是一闭。所谓"天地合,乃敢与君绝。"虽然夸张得太浪漫,也不无道理。

有的人,眼睛一睁,天地为之动容,世界为之改观,他们就是人类历史的路标。孔子眼睛一睁,儒家思想横空而出,辉耀神州,所谓"天不生仲尼,万古长如夜"。基督、佛陀、穆罕默德、马克思、牛顿、孙中山等,都属此类,他们是人类的骄傲。

每个早晨,我们眼睛一睁,就要心存感激。因为有统计资料表明,世界上大约有四分之一的人是在睡梦中去世的,而我们还活着,很健康地活着,新的一天开始了,不知会带给我们什么惊喜。

每个夜晚,我们眼睛一闭,应该感到满足。辛劳一天,成绩不错,该干的事都干了,干不成的事也尽力了,亲人身体都很健康,自己心情也颇愉快,如果能再做一个好梦,今天就算是功德圆满了。

严监生眼睛不肯闭,只因为看到两根灯芯在耗油;权臣桓温眼睛不肯闭,是因为没有来得及黄袍加身;周瑜眼睛不肯闭,是因为他恨啊:"既生瑜,何生亮?"林黛玉不肯闭眼,是因为宝玉另娶新欢,木石之盟成为泡影……但愿我们都做达观之人,真到了眼睛需要永远一闭时,也别扭扭捏捏,恋恋不舍,眼睛一闭,潇洒告别:我走了,"挥一挥手,不带走一片云彩"。

领异标新二月花

著名作曲家谷建芬曾坦言，我90％都是失败之作。谷建芬的"失败"说并非矫情，她还由此深入剖析了"失败"缘由，即"主要原因是雷同，缺少创新"。她决不容忍自己的作品有雷同处，也绝不重复别人唱过的歌，为此而"毙掉"大量辛辛苦苦写出的作品。谷建芬压在自己手里的音乐作品也不少，因为觉得还没有写出自己的应有水平，谁来索要都不给，出多大价钱买也不卖。

诗人郑板桥也是这样的人，他的书斋有副名联："删繁就简三秋树，领异标新二月花。"特别提倡诗要"自出手眼，自树脊骨"，坚决反对雷同、沿袭。他的诗作很多，但留下来的却很少，因为他在整理诗稿时，把那些雷同、平庸之作统统烧掉，还自记其事"板桥居士重饶舌，诗到烦人并火之"。并在序中写道："板桥诗刻止于此矣，死后如有托名翻版，将平日无聊应酬之作，改窜滥入，吾必为厉鬼以击其脑！"然后把诗与序一并付梓。

国学大师陈寅恪，不仅在创作上力戒雷同，每有新意，而且在讲课时也决不重复自己、重复别人，往往与众不同。他曾言："前人讲过的，我不讲；近人讲过的，我不讲；外国人讲过的，我不讲；我自己过去讲过的，也不讲。现在只讲未曾有人讲过的。"因而，他上课的教室总是坐得满满的，一半是学生，一半是慕名而来的老师，就连朱自清、冯友兰、吴宓那样的名教授也一堂不漏地听他上课，人称他是"教授中的教授"。

对雷同疾恶如仇，势不两立，对创新心向往之，追求不已，是所有成功的文化人的共同特点。他们既不姑息雷同自己，更不屑于雷同别人，永远都在苦心孤诣地探索，殚精竭虑地构思，出自他们之手的作品数量可能不多，但肯定都是精品，都是心血结晶，都有不同凡响之处。正因为如此，谷建芬的《年轻的朋友来相会》唱遍祖国大江南北,《那就是我》《烛光里的妈妈》《今天是你的生日，我的中国》等名曲，成为一个时代的音乐象征。郑板桥的诗作，则别有洞天，独辟蹊径，至今仍是人们吟诵的名篇。

国内今天的文化创作规模，不论歌曲、诗文、还是画作、影视，都是个惊人的天文数字，但遗憾的是真正能称得上精品的不多，传世之作更是凤毛麟角，多是平庸之作，有的干脆就是文化垃圾。究其所以然，缺乏创新，雷同成风，是其中一个重要原因。我们常有这样的经历，欣赏艺术作品时，一段悦耳旋律，一组精彩镜头，一个动人情节，一个优美画面，总觉得似曾相识，好像在哪儿见过，网上一查，果然是模仿或照搬人家的。至于原封不动地抄袭，那就更是等而下之，连雷同都不如了。

历史证明，文化创作从来不以数量取胜，模仿、雷同更非正途。因而，每个想有所作为的文化人，都应学学谷建芬的严谨创作态度，追求创新，鄙视雷同；学学郑板桥对雷同作品毫不留情的决绝态度，学学国学大师陈寅恪的"四不讲"精神，自出机杼，不落窠臼，拿出真正属于自己的、有独到之处的艺术精品。

艺术的生命在创新、创新，还是创新！

人间最是留不住

　　天才的平均寿限，大概不会超过50岁，美国天才歌星杰克逊之死似乎又在印证这一规律。

　　不妨简单盘点一下。天才作家巴尔扎特活了50岁，国学大师王国维也死于天命之年，天才作家曹雪芹活了48岁，美国历史上最年轻最有才华的总统肯尼迪活了46岁，天才作家王小波死于45岁，猫王埃尔维斯·普雷斯利42岁，天才武术家霍元甲42岁，天才军事家岳飞39岁，天才诗人普希金活了38岁，美国民权领袖马丁·路德·金活了38岁，天才画家梵高活了37岁，天才作曲家莫扎特35岁，浪漫诗人徐志摩活了34岁，"30年代的文学洛神"萧红32岁，小夜曲之王舒伯特31岁，天才诗人王勃26岁，杰出散文家梁遇春26岁，天才军事家霍去病24岁，法国天才数学家迦罗华21岁……

　　天才，就是天生之才，天纵之才，天上之才，所以不可能在人间长命百岁。有句话叫天妒英才，就是说连老天也嫉妒你了，要收你回去。所以天才多在高潮时就毅然谢幕，毫不留恋人间的繁华和烦扰，在天使的导引下，徐徐升入天堂。

他们的早逝，肯定与其太辉煌、太出色、太匪夷所思有关，像天才数学家迦罗华一夜写下的数学公式，至少影响了世界500年；天才作家曹雪芹的《红楼梦》，是至今无法逾越的文学高峰。和他们在一起，总是禁不住的高山仰止，会让我们脖子疼，所以就有一种并不高尚的潜意识：天才早走也好。

他们活着，光彩照人，出类拔萃，会让那些相形见绌的人不愉快；他们活着，正气浩然，疾恶如仇，会使那些蝇营狗苟的人如芒刺在背，坐立不安，于是，妒忌之火，仇恨之剑，报复的枪声，阴谋的算计，也会把一个个天才提前送上天堂。

他们其实和我们一样都是血肉之躯，如果悠着点活，按部就班，熬个七八十岁也不成问题，可是当天才的代价，就是他们在成倍于常人地消耗着自己的生命能源，毫不吝惜地燃烧自己，所以才放出超人的灿烂光芒，倒在50岁的生命门槛前。

当然，也有一些活过50岁的天才，但一般来说，50岁后的天才，创造力大大衰减，天才的光辉逐渐褪尽，作为天才的生命，已经逝去，作为普通人的寿命，还在延续。中国现代文学巨擘鲁、郭、茅、巴、老、曹，都活过了50岁，除了鲁迅只活了55岁外，其他都是长寿之人，巴金甚至活过百岁，创造了生命奇迹。可他们哪一个在50岁后还有天才作品问世呢？使他们成名的无一例外不是50岁以前的作品，50岁以后基本上就是在吃老本了。

而且，凡是活得太久的天才，晚年都不大幸福，或贫困潦倒，像颠沛流离居无定所死在路上的苏东坡；或备受病痛折磨，像卧病数十年的巴金；或孤独无靠，像风光半辈子的张爱玲。凄冷辞世的杰克逊，刚到天命之年，便债台高筑，疾病缠身，家庭破裂，丑闻不断，烦不胜烦，真有些生不如死的感觉，从某种意义上来说，死也是他最好的解脱。

"人间最是留不住 朱颜辞镜花辞树",80年前写下这不祥诗句的王国维,是对自己也是对所有早逝天才的祭奠;80年后,又一个死于50岁的天才杰克逊,则是对这一诗句的最好注脚。

"苏珊大婶"的笑傲王侯

一年一度的白宫记者协会招待宴会于5月9日在华盛顿的希尔顿饭店举行，许多明星与名流都很以能参加这次盛宴为荣，因为美国总统夫妇将莅临。然而，接到美国电视网邀请的英国选秀明星"苏珊大婶"苏珊·博伊尔，却毅然拒绝了与美国总统共进晚宴的机会，因为她只想待在家里洗洗头，看看电视。

"苏珊大婶"的架子可真够大的！她要是跟普通老百姓摆架子，耍大腕，那没什么意思，更体现不出"巨星"水准；可给美国总统摆架子，那就很有点"意思"了，用中国老话说，这就叫"笑傲王侯"。从职业来分，"苏珊大婶"也是个"文化人"。文化人，不论古今中外，多有趋炎附势的习惯，喜欢干些"朝叩富儿门，暮随肥马尘"的勾当。所以，偶尔有那么几位能"笑傲王侯"的主，就让大伙津津乐道。

除了"苏珊大婶"的笑傲王侯，我记得韩国明星裴勇俊也曾有来这么一回。那是2004年9月，日本前首相小泉纯一郎前往韩国出席韩日首脑高峰会。别看身居高位，小泉也是"追星一族"，他非常喜欢主演韩国电视剧《冬季恋歌》的男明星裴勇俊，所以，此次出行之前，小泉特别向韩国政府提出，希望能与心中的"偶像"裴勇俊会上一面。然而，出乎意料的是，大明星他以档期过于紧密，实在无法抽出时间为由，拒绝了日本首相的邀约，弄得小泉很没面子。

又过了两年，美国前总统布什抵达印度访问。不知是出于他的私人要求，还是印度政府想拉个美女来撑场面，有"世界第一美女"之称的印度著名影星艾西瓦娅·雷接到邀请，2日与布什共进午餐。然而，这位女明星很不给面子，一句"我没空"，就推掉了美国总统的饭局。其实，这位明星平时并不傲，在观众中很有人缘，对一般追星族很和善，不过她又是颇有个性的人，对一些显要权贵常爱答不理的。

可见，文化人能"笑傲王侯"的确实少如凤毛麟角，因为这是要有具备一定资格的，名气、胆识、风骨，缺一不可。"苏珊大婶"、裴勇俊们之所以敢于"笑傲王侯"，也正是因为他们有这个资格：红遍天下的名气，不怕得罪人的胆识，宠辱不惊的风骨。甭管你是总统还是首相，老人家我不高兴就不见你。

我在想，咱们时下的文体名人，什么时候也能出那么一两个"笑傲王侯"的角色，对老百姓不妨谦恭些，让签名就签名，要合影便合影，满面春风，满腔热情，善待自己的衣食父母；而对那些炙手可热颐指气使的显贵勋爵、富豪王公，我偏不买你的账，偏不给你面子，就是要把架子摆得足足的，也显显咱文化人的风骨和胆识。当然，你首先还要具备笑傲江湖的"资格"，这才是最重要的。

小贝的"榜样力量"

如果说英国球星贝克汉姆是许多英国女性心中的"万人迷"的话，那么，他又不幸成为无数英国男人心中的"万人仇"。

原来，英国女人大都把小贝当成心中偶像，狂热崇拜之余，还喜欢用小贝的标准来要求夫君和男友，要求他们像小贝一样健壮、英俊、富有、潇洒。可是，世界上小贝只有一个，与其条件相当的也少如凤毛麟角。所以，每当谈起这个话题，女人们不胜羡慕地说"你看人家小贝"时，一场争吵就势不可免，使得英国男人很郁闷，甚至还有些夫妻或情侣因此而劳燕分飞。那些每每被拿来与小贝比较的男人，无不对小贝恨得牙根疼。

当然，小贝是无辜的，尽管他被英国女人们树为男人的榜样，使男人们倍感压力。看来，榜样的力量既能激励人、促进人，也能挫伤人、打击人。像小贝这样集名气、财富、容貌、身体、风度于一体的完美男人，超级榜样，对绝大多数人来说，是可望而不可即的，可羡而不可学的。如果硬要把小贝当成榜样，只能使男人们感到沮丧、无奈当然还有仇视。

可英国女人们却不管这些，她们似乎永远都是理想主义者，总觉得自己本来还可以嫁得更好一些，总认为只有小贝那样的帅哥才是自己心目中的白马王子。哪怕自己长得歪瓜裂枣一样，哪怕自己的老公表现得再好，再爱自己，为家庭做的贡献再大，再胜任"模范丈夫"角色，也抵不上不小贝在绿茵场上礼节性地给观众一个飞吻。

平心而论，这并非英国一国女性的特点，美国电影《乱世佳人》上映后，也曾在美国女性观众中掀起了一阵白瑞德热。影片中男主角白瑞德英俊、潇洒、富有、勇敢，具有绅士风度，很为美国广大女性观众青睐，她们不仅对白瑞德的一举一动都津津乐道，而且还动不动就拿白瑞德的样子要求自己的丈夫或情侣，因此而导致家庭破裂的也不在少数。当时，曾有一个叫曼尼·约翰逊的男人因此把电影《乱世佳人》的导演和男主角克拉克·盖博以破坏家庭罪诉上法庭，很是闹腾了一阵子。

一般来说，东方女性比较含蓄，但对美好异性的向往和追求丝毫不亚于西人，要不然，魏晋美男子潘安上街，也不至于每每满载而归，让他差一点动了开个水果店的念头，那可是无本生意，而且每天盈门的顾客都是大姑娘、小媳妇。今天，日益开放的现代女性更是时不时发表爱的宣言，不断地给中国男人设立"榜样"，只要有出色男人浮出水面，总会有一些女性拿他们当标杆，刻画自己心目中的理想伴侣。我在百度网上搜索"嫁人要嫁"的词条，竟然多达6万多条，譬如嫁人要嫁刘德华，嫁人要嫁裴勇俊，嫁人要嫁成龙，嫁人要嫁靖哥哥，嫁人要嫁张无忌，嫁人要嫁张艺谋等。甚至有狂热者宣称"嫁人要嫁易中天"，岂不知易先生已年过花甲，到了含饴弄孙的年纪。电视剧《士兵突击》大火后，一些女观众又喊出响亮口号：嫁人要嫁许三多！真让人哭笑不得。不过中国女性比较务实，虽然喊得热闹，但因此而影响家庭的还未耳闻。

有压迫就有反抗。近日，被小贝比得头晕脑胀的英国男人已开始反击,妻子或女友若再提小贝时,他们就会搬出英国英超宝贝基莉·哈泽尔反唇相讥:看人家基莉多性感、多漂亮!女人们就会立刻哑口无言了,以"毒"攻"毒"有时还是很见效的。

我深切怀念一条狗

1961年4月12日，苏联宇航员加加林乘"东方"1号飞船完成有史以来的首次太空飞行，被称为第一个进入太空的人，但他却不是第一个进入太空的地球生物。因为早在1957年11月3日，就有一只叫莱卡的狗，第一次乘火箭穿越大气层进入太空，它才是真正的"世界第一"。

虽然莱卡仅仅在太空呆了短短6个小时，就因压力和过热而死去，但它短暂的太空旅程却证明了一个重要事实：哺乳动物完全能够承受火箭发射后一定的严酷环境，从而为未来的载人飞行铺平了道路。正是由于莱卡的探索与牺牲——尽管不是它自己情愿和有意识的，才有了后来加加林的一飞冲天，开创了人类进入太空的新纪元。

所以人们没有忘记它。苏联在1957年当年就为莱卡发行了纪念邮票，生产了一种莱卡牌香烟，为它造了一座纪念碑。40年后，又为它建了一个纪念馆，全世界至少有6首歌曲是为它谱写的，描述了它那次壮烈而孤独的单程太空之旅。毫无疑问，它已经青史留名了。

人们也不该忘记它，因为它是探索太空的前驱，为科学献身的先烈，是狗中的"万户",它完全有资格列入科学探索的"名人堂"。人们纪念一切为社会进步、科学昌明而作出贡献的志士仁人,同样也不该忘记那只叫莱卡的太空狗。尊重生命,珍爱生命,不应当只是一句空泛的口号,而应当切实惠及每一个人及其他地球生物,大家都应有尊严地活着,也有尊严地死去。对其他生物来说,这或许是无意识的,是生存的本能,而对人类来说,则应当自觉地把这种意识贯彻于生命的每一个个体,每一个瞬间,让美好而宝贵的生命"生如春花般烂漫,死若秋叶般静美"。

有一部国产大片《集结号》曾在各地热播,激起观众强烈反响。故事情节其实也很简单,一队负责阻击敌人的军人,被命令听到集结号才能撤退。但号声迟迟没能吹响,结果除了连长,其他人全都阵亡。又因为和上级失去联系,这部分牺牲的官兵无法证明烈士身份,被当成"失踪"人员。后来,在幸存连长经过数年努力,层层上诉,到处争取后,牺牲者终于被承认烈士身份。这部影片其实也是在讲尊重生命、珍爱生命的道理,我们要尊重活着的人,更要尊重那些牺牲者,我们不能忘记一条为太空探索牺牲的狗,更不能忘记那些成千上万为自由解放牺牲的烈士,不管他们职务高低,有名无名,都要永远吹响生命的"集结号"。

"为有牺牲多壮志,敢叫日月换新天"。不论革命还是建设,牺牲往往是不可避免的,血肉之躯也往往是巨大历史车轮前进的润滑剂。但我们应当尽量减少牺牲,避免可有可无的牺牲,对于为了事业不得已而牺牲的生命,则要给予崇高的纪念,充分的肯定,永远的怀念,不管他是《集结号》的烈士们,还是那条叫莱卡的太空狗。所以,当人们纷纷对河南洛阳某烈士陵园被破坏,被准备"商业开发",表示强烈的愤怒,就没有什么好奇怪的了。人们谴责那些草菅人命的黑窑主,发带血的煤横财的黑矿主,就完全是正义的声音,当然,法律也不会袖手旁观。

我国与世界其他国家的载人航天飞行已进行过多次,常年载人的国际空间站更是每天都在太空遨游,人类早已登月成功,还将飞向更远的星球。这一切，追根溯源，我们衷心感谢无数航天科技工作者的辛勤劳动和无私奉献，同时也不能忘记、也应该感谢那只著名的太空狗。

"要奋斗就会有牺牲"，我怀念一只狗！

夸大"细节"作用很危险

坊间有不少谈论细节重要的书籍,其中尤以《细节决定成败》最为畅销,被许多渴望成功者奉为圭臬,希望自己能通过完善细节,把握好细节,便能踏上成功之路,推开胜利之门。其实,从绝大多数事实来看,细节无关成败,所谓"细节决定成败",不是误解,便是偏见。

任何一项事业,一件事情,决定其成败的主要因素都是大势所趋,力量对比,主要矛盾,全局大节。至于那些边边角角的细节,最多能影响到成败的时间早晚和程度,或给成功锦上添花,或对失败雪上加霜,更多的时候,则是有它不多,无它不少。就好比年三十打了个兔子,有它没它都过年。

一个去应聘工作的人,如果细节注意得比较好,譬如衣冠整洁,举止得当,能捡起地上的碎纸,肯帮助遇到的老人——可能是董事长的父亲,自然会给人一个好的印象,但最终是否录用你,还是靠你的文凭、履历和笔试、面试成绩。一个普通院校毕业的学生,细节把握得再严谨,恐怕也竞争不过一个哈佛毕业的高材生。

一个搞设计的工程师，即便每一个细节都无可挑剔，办公桌收拾得干干净净，非常礼貌地对待每一个同事和老板，甚至连随手关灯、便后冲水的细节都堪称楷模，但你如果设计不出老板需要的东西，你的产品在市场上无竞争力，老板也会毫不犹豫地炒你鱿鱼。

我参观过一架在朝鲜战场屡立功勋的战斗机，飞机上弹孔累累，一个补丁挨着一个补丁，可是它依然能成功击落敌机后安全返航，因为这些子弹都没打中要害，这就是细节，无关大局。可如果打中油箱或击中飞行员，那就肯定机毁人亡，这就是决定成败的主要矛盾，有一发子弹就够了。

如果从军国大事、历史风云来看，更是如此。

楚汉相争，最后结果取决于人心向背，力量对比，决策正误。霸王别姬是其中动人细节，至今还被人传诵，令人叹息。但无论项羽别不别姬，怎么个别法，都无关大局，因为十面埋伏已经布好，四面楚歌已经响起，他的失败只是个时间问题。

明亡清兴，是大势所趋，不可阻挡，崇祯皇帝之死就是巨变中的细节，他究竟是上吊吊死、喝药毒死、投水淹死、自焚烧死，都无关事态进展，最多再添点戏剧性，挡不住最后覆亡的命运。

戊戌变法的失败，有人说是因为细节不慎而致，譬如错用了袁世凯，因为他的告密与投机而导致全盘皆输。其实，失败的关键原因在于保守派与维新派之间实力差别太大，即便不在这个细节上出错，没有袁世凯，也有张世凯、李世凯，也必然在其他细节上失误，还是谭嗣同总结得好："有心杀贼，无力回天"。

相传周恩来很关注细节，对许多小事都了然于胸，人们常津津乐道于他的细心。但别忘了，他还有雄才大略的一面，他更关注国内外大形势，大趋势，大走向，要不然他就不会是一个指挥若定的军事家，运筹帷幄的政治家，纵横捭阖的外交家，最多是一个细心负责的好管家。

人常说"棋错一着，全盘皆输"，但如果能引起皆输局面的，那就不叫细节了，而是大节、是关键了，譬如失掉一个卒子，叫细节，无关紧要，丢了一个车，那就叫大节，事关全局。所以，我们固然需要注意细节，但千万不能夸大细节的作用，细节有时确实能影响事情成败的快慢，但决不能决定成败，不可能扭转乾坤，影响大局。

在日常工作中，如果过于注重细节，就会让我们变得谨小慎微，畏首畏尾，针头线脑，而影响到我们掌控全局的大眼光，大视野，大手笔。看待历史的进程，倘若把细节抬高到决定成败的高度，就会以偶然性代替必然性，最后势必陷入神秘主义、不可知论的泥潭。

的确，细节以其生动、直观的特点显得鲜活，富有魅力，为人所喜闻乐见，但无论如何不要忘记，看历史要看大势，看形势要看主流，看人物要看大节，是永远不会过时的真理。

章子怡的鼻子与赵薇的脸

  天下之大，无奇不有。一位来自广西的小伙子阿杰（化名）在长沙街头雇人打出了他的征婚广告：希望对方拥有"仇晓的外形、张丹丹的才华、杨乐乐的可爱、李湘的财富"。外形、才华、可爱、财富，样样齐全，集中在一个人身上，这好像就是餐桌上的一份"明星拼盘"。
  无独有偶，也有个帅哥花费数万元在南宁某媒体上刊登3个版面的征婚广告，称要找一个"集大长今的外貌、徐静蕾的才华、林志玲的可爱、陈红的财富"于一身的女性共度一生，这也是一份"明星拼盘"，而且是中外合璧。当然，人家帅哥自己也不含糊，在征婚广告上夸耀说是"周润发的外形，朱军的成熟，李咏的风格，亚宁的年纪"。嗬，又是个"明星拼盘"，他倒是不谦虚！
  帅哥酷爱女"明星拼盘"，靓女自然也钟情男"明星拼盘"，南京有一个叫阿蓝的女网友就希望自己未来的男友，要有"刘德华的鼻子，周润发的身材，梁朝伟的眼睛，黎明的嘴巴，裴勇俊的头发，曾志伟的幽默，张东健的英气，木村拓哉的冷傲"，这是一个超级"明星拼盘"，还具有"国际流行色",可惜"此人只应天上有",真佩服她的想象力。

但是,上帝造人,公正得很,又吝啬得很,给了你美貌,就不给你智慧;给了你高大身躯,就不肯给你灵巧的技能;四肢发达的人,往往头脑简单;有过人才智的人,则每每其貌不扬。而像"明星拼盘"那样的完美无缺的人,超凡入圣的人,大概只能在神话世界里去寻找。当然,偶尔做做白日梦,在心里描述一下自己理想的梦中情人,也不是坏事,只是自己不要信以为真罢了。如果真的要按这样的标准去找对象,按图索骥,那就只有打光棍一条路,放眼望去,那些把自己挑剩下来的老姑娘、老小伙,不少都是犯了这样的错误。

而且,假如科学发达到确实能把"明星拼盘"变成真人,那也未必就一定会赏心悦目,譬如,赵薇的大眼睛如果放到章子怡的小脸上,或者章子怡的小巧鼻子安在赵薇的大脸盘上,都很不相称,咋看咋别扭。玛丽莲·梦露引以为荣的金发,罗伯茨性感迷人的大嘴,奥黛丽·赫本黑漆一样的眉毛,莎朗·斯通那勾人魂魄的媚眼,如果都集中放在一张脸上,虽然是"强强联合",却绝不会有"强强效果",这样的"超级拼盘"没准儿会弄巧成拙,"超级难看"。别忘了,美在协调,美在自然,美在和谐,是一条亘古不变的审美规律。

当年,大美女舞蹈家邓肯曾向大文豪萧伯纳求婚:我的美貌加上你的智慧,生出来的孩子一定会像你一样聪明,像我一样美丽。萧伯纳在回信中幽默地说:"如果生出来的孩子,像你一样聪明,像我一样美丽,那可就糟糕透了。"看来,他对"明星拼盘"的效果是不相信的,所以没有响应这一国际"绝配",也颇令人遗憾。

当然,炮制"明星拼盘"者可能自己也不信,只是为吸引公众眼球的炒作而已,这也是如今时髦招数,他也没玩出什么新意。

"全球最幸福国家"的忧虑

太平洋岛国瓦努阿图被评为"全球最幸福国家",然而,岛上的居民不仅没有欣喜若狂,反而忧心忡忡。他们非常担心地说,这可不是什么好事,因为这会带来旅游业、带来金钱,同时也会带来贪婪和犯罪,我们的幸福将会被剥夺,金钱会给我们带来贫困。他们的忧虑,自有其道理。

人们为了摆脱贫困而去拼命挣钱,可是,没想到,如果把握不好,金钱反而会给我们带来新的贫困。过去常听到某些富人叹息:我穷得除了钱啥也没有。总觉得这话有些矫情,但细想想也不无道理,他们确实因为太有钱而在某些方面变得非常贫困,无法享受到常人所有的快乐。从狭义的贫困来说,他们的物质生活很丰富,与贫困毫无关系;而从广义的贫困来看,在精神、爱情、亲情、友谊等方面,他们又的确往往是非常贫困的。

金钱会带来爱情的贫困。因为太有钱,人就容易变得疑神疑鬼,因为很难分清那些频送秋波的美女,到底是爱你呢,还是爱你的钱,是来准备与你共浴爱河呢，还是蓄谋离婚分你财产呢。所以，富翁们身边尽管从来都不缺女人，甚至会排长队，但却偏偏最缺乏爱情，"阴谋与爱情"是他们周围最常上演的剧目。

金钱会带来亲情的贫困。血浓于水，亲情本是最可靠的感情，但如果融入太多的金钱因素后，也肯定会变质发酵。围绕财富的分配，遗产的继承，永远是富人的第一麻烦，家人亲戚常常为此而勾心斗角，反目为仇，这样的家族，钱越多，矛盾就越尖锐，亲情就越淡薄。

金钱会带来友谊的贫困。倘若友谊一加入功利的元素，就变得一钱不值。富人周围，永远是高朋满座，但大都是酒肉朋友，冲着你的钱来的，可与你共富贵，不可能与你共患难，你一旦没钱破产，必然会树倒猢狲散，说不定还会落井下石。所以，富人可能朋友最多，友谊最少，真心朋友一个都没有。

金钱会带来安宁生活的贫困。安宁生活本来如山间明月，江上清风，不费分文便可享用，但对于很多富人来说都成了奢侈品。出门要带一群保镖，生怕被人绑架，遭人暗算；在家则电话不断，谈生意的，拉赞助的，请吃饭的，搅得心神不安，百爪挠心，想睡个安稳觉都难。

金钱还会带来人生价值的贫困。如果为了金钱去偷、去抢、去骗、去贪污受贿、去搜刮民脂民膏，人生价值就会大打折扣，甚至出现负数。金钱到手了，牢狱之灾、甚至阴曹地府也可能不远了。六百多万元的脏钱，就结束了原药检局长郑晓萸的生命，使他的人生价值等于零。前车之覆，愿后人鉴之，勿蹈覆辙。

当然，事在人为，也有不少有钱人不仅物质生活非常充裕，精神生活也同样丰富多彩，差别就在于会不会合情合理地赚取金钱，使用金钱，做金钱的主人，不当金钱的奴隶，看重亲情友谊，看轻金钱财富。钱是好东西，诚如唐人张说的《钱本草》所言："钱，味甘，大热，有毒。偏能驻颜，采泽流润，善疗饥，解困厄之患立验"。世界上谁和钱都没仇，但就看你能不能取之有道，趋利避害，会积会散，为自己带来幸福而不是贫困。

因而，当我们不管不顾、赚钱赚红眼的时候，不妨想想尼采的名言："人生的幸运，就是保持轻度的贫困。"

英雄名士改行记

"暗淡了刀光剑影,远去了鼓角争鸣"。武王伐纣伐完了,楚汉相争争完了,三分天下归一了,水泊梁山招安了,大伙或解甲归田,或转业复员,再就业提上议事日程。乱哄哄闹腾腾一番你挑我选后,各安其位,并涌现了一批再就业模范。

姜子牙,没仗可打了,神也封完了,便竞争上岗,出任省钓鱼协会主席,享受副厅级待遇,整日带着钓鱼迷们东奔西跑,大力推广直钩钓鱼法,精神矍铄,乐此不疲,不知老之将至。

西施,用美人计搞定夫差,圆满完成任务后,无事可干,便发挥特长,就任某大公司公关部主任。再难缠的客户,再麻烦的项目,只要她一出面,秋波转动,一笑一颦,便令客人骨酥腿软,轻松拿下。

项羽,因为他"力拔山兮气盖世",力能举鼎,便改当了重量级举重运动员。他果然也不负众望,稍经培训,便连连在世界举重大赛中摘金夺银,所向无敌,风光无限,比当霸王强多了。同行们称,与项羽同时代竞技,是我们最大悲剧。

刘备，善哭，以著名民谣"刘备的江山是哭出来的"为证，所以发挥特长，当上了殡葬公司金牌主持。每有业务，只见他时而嚎啕痛哭，时而泪如雨下，比孝子贤孙哭的还逼真，比多年老友还动情，因而生意大火，顾客盈门。

潘安，因为脸蛋长得俊，每出去一次，就被围观喜爱他的女子扔满一车水果瓜菜，从此改当菜贩子。和别人不一样，他从不进货，只需开车到街上转一圈，就满载而归。因是无本生意，只赚不赔，很快就成百万富翁。

王粲，"竹林七贤"之一，平时好学驴叫，来抒发心中的积怨，声音洪亮，几可乱真。经再就业培训后，当了美声歌唱家，因其音色独特，音域宽阔，共鸣优美，唱法出新，大受欢迎，被称为"中国帕瓦罗蒂"，于是，四处走穴，日进斗金。

王羲之，因各色书法家太多，招数太怪，竞争激烈，他竟然失业。思来想去，自己别无长技，素爱鹅，干脆贷款办了个养鹅场，当起了养鹅专业户，经营有方，生意颇好，鹅肉订单雪片般飞来。

刘伶，谁不知道，"天生刘伶，以酒为名。一饮一斛，五斗解醒。"工作就更好找了，除了任某大酒厂的专业品酒师外，还经常被邀请为各家酒厂做广告，电视上每天都能看到他的醉醺醺的身影，真正做到了人尽其才。

林和靖，以"梅妻鹤子"闻名于世。惜乎沧海桑田，世事大变，梅树被人砍光，仙鹤也不再光临，为生计，也因有长期养鹤经验，经熟人介绍，应聘到动物园鸟禽馆当了一名饲养园，整日忙碌，乐不可支。

孙二娘，曾在十字坡开黑店，卖人肉包子。虽名声欠佳，但终归有多年开店经验，招安归顺后，被某大学聘为酒店专业兼职教授，教书育人，著书立说，颇为敬业，有名师之誉。

"树挪死，人挪活"，再就业工程大见其效，众英雄名士各得其所，各尽其业，其乐融融。

爱照镜子的男人

虽然说"爱美之心人皆有之",但是爱照镜子的男人总让人觉得怪怪的,有一股脂粉气,用当年我的老连长的话来说,简直像个娘们儿似的,没出息!

很多年前,我当新兵时,长得像个黑铁塔的老连长,就对男人爱照镜子颇不以为然,曾专门在全连集会时,要求新兵们扔掉小镜子,声言,我再看见谁照小镜子,就关他的禁闭!当然,这是他吓唬人的土政策,条令并没有规定不能照镜子。

老连长没什么文化,也不懂多少历史,所以批评照镜子时没有引经据典,只是习惯地说"这是资产阶级思想"。他可能不知道,咱们古人比资产阶级照镜子恐怕要早上千把年都不止,当唐太宗大发感慨"以铜为鉴,可以正衣冠,以人为鉴,可以知得失,以史为鉴,可以知兴替"时,欧美诸国还在茹毛饮血时代,资产阶级还远没有问世呢,说照镜子是封建主义思想还略沾点边。

最早记录男人照镜子的一段故事,就是《战国策》里的《邹忌讽齐王纳谏》。这本是一段智者美谈，可那邹先生也有毛病，一个男子汉，不干正事，一天到晚抱着照镜子左照右照，搔首弄姿，胡思乱想，还老和城北的徐公比来比去，见个人都要问问自己和徐公谁漂亮，大大影响了他的"光辉形象"。小说《围城》里，主人公方鸿渐给父亲写信说，"每揽镜自照，神寒形削，清癯非寿相。"被父亲回信狠狠教训一通："汝埋头攻读之不暇，而有余闲照镜耶？汝非妇人女子，何须置镜？惟梨园子弟，身为丈夫而对镜顾影，为世所贱。"可见，方老先生对男人照镜子是深恶痛绝，这番话用来教训邹忌也挺合适。

隋炀帝是个特爱照镜子的人，当然他也有资本，长得唇红齿白，一表人才。可惜的是，他平素荒淫无耻，胡作非为，闹得天下大乱，反兵四起，眼见得要完蛋了，还在后宫醉死梦生。一日酒醉后，拿着镜子照来照去，顾影自怜，一声叹息：好头颅，不知谁将砍去！果然，没过多久，隋王朝就土崩瓦解，隋炀帝也一命呜呼。

"皎皎青铜镜，斑斑白丝鬓"，诗人白居易也是喜欢照镜子的，专门写照镜的诗就有好几首。所以他的诗阴柔气重，细腻委婉，颇有些女性化色彩，最适合写《长恨歌》《琵琶行》之类。与此相对应，他的风流轶事也比别的诗人略多了些，不仅10年内换了3批家姬，还经常流连青楼妓院。

到了现代，人们对那些爱照镜子的男人也是嗤之以鼻的。老舍先生的小说《人同此心》里，热血青年王文义为了表示抗战决心，把每天都照的镜子打个粉碎，决心告别公子哥，当个大丈夫，从此不照镜子，直到抗战胜利。"且先忘了自己吧！被暴力征服的人怎能算作人呢？"

其实，照不照镜子，和一个人有无男人味并无直接关系。多年后，我又到当年当兵的连队去探望，一进门就是一面大落地镜，宿舍里、洗手间里也都挂着镜子，这都是让军人自我检查军容风纪用的。过去禁止照镜子，现在鼓励照镜子，军人还是铁血军人，男子汉还是男子汉，不过观念转变罢了。

不过，还得说句老实话，不论男人女人，渐入老境后，还是少照镜子为佳，因为每照一次，可能就会发现自己又老了，不是皱纹深了，就是头发少了，"岁去红颜尽，愁来白发新"，所以，还是听听北周诗人庾信的劝告："何必照双鬓，终是一秋蓬。"

东坡居士的公众号

苏东坡诗、词、文、书、画、禅，无所不精，名冠中外，自视甚高。忽一日，听到时下网站的公众号点击率竟然被几个青年男女领先，心中甚是不忿，真是世无英雄，使竖子成名！心想，老夫处处不甘人后，公众号岂能例外，只要我一出马，肯定会独占鳌头，一惊天下。

说干就干，苏学士申请开公众号后，先贴上一张自己最得意的在东京龙亭前的半身照片，又精选了一篇最能代表自己水平的《赤壁赋》，"壬戌之秋，七月既望，苏子与客泛舟游于赤壁之下。清风徐来，水波不兴。举酒属客，诵明月之……"可是，眼巴巴等了几天，只有两名读者，一句留言："这是什么东东，看不懂"。结果实在惨不忍睹，让东坡无地自容。

东坡不甘心，又贴了一首成名作《念奴娇·赤壁怀古》，自己还摇头晃脑十分陶醉地读了一遍："大江东去，浪淘尽，千古风流人物。故垒西边，人道是、三国周郎赤壁……"没想到还是反应平平，波澜不兴，点击率倒是一下子提高了好几倍，已接近十人。留言也增加到两句："这年头，竟然还有人写诗，真是傻帽"，"看不出和'梨花诗'有什么区别"。

东坡百思不得其解，颇为懊丧，茶饭无思。有高人指点他，如今是现实主义时代，浪漫主义那一套不吃香了，网友又颇多浅薄无知之辈，不喜欢高雅的诗文，你说点实在的猎奇的事可能还受人欢迎一些。

东坡是个聪明人，说变就变，马上贴了一篇《东坡论东坡肉》。从东坡肉的来历，东坡肉的营养价值，东坡肉的保健作用，到东坡肉的烹调方法，娓娓道来，最后介绍他的烹调经验是："慢著火，少著水，火候足时它自美。"果然大受欢迎，公众号点击率骤增，一下子达到了三位数，读者留言也超过了两位数，形势大好，非常鼓舞人心。

尝到甜头，东坡再接再厉，又搜肠刮肚，贴了一篇《文豪苏东坡与才女苏小妹斗智》。说是，苏小妹额头略突，东坡写了一幅对联讥她："未出门前三五步，额头已至画堂前。"苏东坡的脸长，苏小妹就回敬道："去年一滴相思泪，至今还未流到腮。"苏小妹眼眶深陷，苏东坡就抓住这一点，写诗道："几次拭泪深难到，留却汪汪两道泉。"苏东坡是个大胡子，苏小妹自然不肯放过。回诗道："几回口角无觅处，忽听毛里有声传。"此文诙谐幽默，既有名人效应，又有故事情节，所以，点击率扶摇直上，已经上千，而且好评如潮。

得意之余，东坡并未自满，他认真琢磨了尚在排行榜前几名盘踞的公众号文章，查找了自己的差距，总结出几条重要经验：故事一定要离奇、刺激，不怕造假，只要好看就行；立论一定要惊人骇世，离经叛道，与众不同；题目一定要诱人，吸引人眼球，让人一望，就非要看下去不可，看完了再说上当，那咱不管，反正，点击率是上去了。

于是，经此彻悟后，《苏东坡的婚外恋》《谁说苏东坡有私生子？》《苏东坡与王安石的恩恩怨怨》《枕边美女如云的苏东坡》《当事人谈乌台诗案的真相》等文章便接连推出，点击率像火箭一般猛往上窜，直逼排行榜冠军宝座，人们惊呼，网络上刮起了一阵"苏旋风"！消息灵通的广告商也闻讯赶来接洽，正准备在他的公众号上刊登广告，条件十分优厚。再看东坡先生，已是手捻胡须，两眼笑成弯月。

给吹牛者讲个故事

马季有个相声《比吹牛》，两个人比吹牛，一个说我貌比潘安，一个说我颜赛宋玉；一个说我才高八斗，一个说我学富五车；一个说我腰缠万贯，一个说我富可敌国；一个说我高如泰山，一个说我头顶月亮，最后一位吹到"我上嘴唇顶天，下嘴唇挨地"，另一位就问他："那你的脸呢？""我不要脸了！"这算抓住吹牛者的重要特征了，所有吹牛者都是不要脸的。

相声是夸张的艺术，源于生活又高于生活，但实际上，现实生活中喜欢吹牛的人、善于吹牛的人也确实很多。1958年的"大跃进"闹到最后，大家比着放卫星，实际上就是在比吹牛了，结果是小麦吹到亩产7000多斤，水稻吹到亩产13万斤。吹到末了，竟然担心起了"粮食多了怎么办"，比马季的相声还要"精彩"。

一般来说，破落户爱吹自己祖上阔，骗子爱吹自己是某某高级领导的儿子、快婿，实在搭不上边的，爱吹自己认识某某高层，过从甚密。最可笑者，有林姓者吹嘘自己是北宋以"梅妻鹤子"著称的诗人林逋之后，时人写诗歌讥讽说："和靖当年不娶妻，如何后代有孙儿？想君自是闲花草，不是孤山梅树枝。"

富人爱吹自己有钱。富人们最爱吹的一句话是"老子有的是钱"，"老子啥都缺，就是不缺钱"，听那口气，他不是世界首富，也是亚洲第一，可你要让他给慈善事业表示一下，给灾区群众献点爱心，他就立刻成了缩头乌龟，成了一毛不拔的铁公鸡。

文人喜吹自己有才。宋代刘少逸吹牛说"家藏千卷书，不忘虞廷十六字；目空天下士，只让尼山一个人"，这牛吹得就够可以，但也没见他后来闹出多大名堂。台湾作家李敖吹牛说"五百年来白话文第一是我，第二是我，第三还是我"，"我要想羡慕谁，就照照镜子"，这位"老顽童"吹牛吹惯了，大伙也没太当真，他爱当第一就当第一罢。大陆作家王某也有吹牛名言，说自己的作品"一不留神就是个《红楼梦》，最次也是一《飘》"，可说话间已过去二十来年，也没看到他有什么太像样的作品问世。

官员爱吹自己政绩。如今实行看政绩用干部，某些政绩不佳却又官迷心窍的头头，只好走旁门左道，为了报上有名，电视上有影，上级领导心里有印象，不惜大搞形象工程，胡报注水数字，弄虚作假，自吹自擂，芝麻粒儿能吹成大西瓜，小幼苗敢吹成参天树。安徽原副省长王怀忠一路吹牛一路提升，被群众讥讽为"王大吹"，山东贪官胡建学敢把产值吹大十几倍以邀功请赏，也曾被老百姓誉为"鲁吹二号"，便是吹牛官员中之"翘楚"。

《艾子后语》讲过一个故事。赵国有个方士，好吹牛。艾子问他："先生贵庚？"方士说："要问我多大岁数，我都记不得了。只记得我当孩童时，去看伏羲画八卦，见他蛇身人首，我因受惊吓得了病，还多亏伏羲亲自给我医治，才没死去。后来，西王母请我赴宴，我因为饮酒过多而一直沉醉至今。"不久，赵王摔伤了肋骨。医生说："须千年血竭搽抹能治。"艾子就告诉赵王说:"有个方士,已逾千岁,可把他杀了取血治伤。"赵王派人把方士捉来,要杀他。方士吓坏了,跪在地上哭着说:"那天我父过五十岁生日,我喝醉了就胡编乱造吹开了牛,实在没有活千岁啊。"赵王大怒……后来结果如何,这里也姑且留个悬念,让那些爱吹牛者自己去琢磨吧。

第五辑　萍踪偶记

5号搓澡工

我的风寒腿老毛病发作，吃药打针之余，医生建议我常去大浴池里多泡泡，熏熏桑拿，会有好处。

附近有一个"清华池"，有大池子，有桑拿浴，还有人搓澡，我每天晚饭后去泡个把小时，自我感觉不错。里面有六七个搓澡工，都有编号，你可以挑选。每搓一次10元，如果再加其他润滑用的芳香剂的大约再加10元，生意很好，去泡澡的人大都要找个搓澡工搓一搓。

我经常找的这个5号搓澡工，大家都叫他小彭，有二十五六岁的样子，家在四川绵阳。小伙子手法很好，不像有的搓澡工，只会一味地下死劲搓，他是该重则重，当轻则轻，像后背、臀部这些皮厚肉糙之处，就大刀阔斧搓个痛快，而大腿内侧、肋部这些相对娇嫩之处，则如绣花般地轻搓细揉。所以，每次来我都找他，如果他忙着，我就宁肯在池子里泡着等他。

小彭个子不高，敦敦实实的，操一口川味普通话。他干搓澡工已七八年了，因为家里孩子多，负担重，为了让弟弟、妹妹上学，他15岁就辍学出来打工，用自己的收入来供弟弟、妹妹上学。他原来干过工地小工，小区保安，但挣钱太少，刚能顾住自己用，后听老乡说搓澡工挣钱多，就应聘来了这家浴池。

搓澡是个很辛苦的活，每天要在雾气腾腾的浴池里呆上十多个小时，有活没活都不能出来，吃饭都是从外边送来的盒饭。小彭说，刚来那一阵儿，他被澡堂味道熏得连饭都吃不下，差点坚持不下去，半年多才适应。他们是底薪加计件工资制，底薪只有800元，然后是搓一个活提成5元，所以竞争也很厉害。一般来说，顾客喊一声：搓澡。就可能有两三个搓澡工同时应声，甭问这就是个生客。顾客如果喊几号，那就是熟客，喊谁谁去。小彭的技术好，活做得干净，还有独到"绝招"，不少熟客都喜欢叫他的牌子，所以，他的收入就比其他搓澡工要高不少，当然也很累。据小彭说，他每个月差不多能赚到5000元左右，自己很是满意，说弟弟大学毕业一个月才挣3000元，那大学真不知是"啷个搞的"。

小彭还是个很有想法的人，他不满足于传统的搓澡技术，认为那没多少技术含量。为此，他自学了人体解剖学，按摩学，外科学，掌握了许多人体穴位，在此基础上发明了"搓疗法"，就是搓澡加按摩，很受欢迎。因为来这里泡澡的大多是中老年人，都有这样那样的老毛病，像腰椎间盘突出啊，老寒腿啊，风湿性关节炎啊，他都能像模像样地连搓带按来上一阵子，虽治不了病，总能缓解一下，舒服上几天。

他还总结有一套理论，他认为人被热水泡透、桑拿熏透后，全身的毛孔、穴道都是打开的，肌肉是放松的，现在按摩治病就比平时要效果好得多，可收事半功倍之效。将来如果有条件了，他要回家乡开一家治病与休闲相结合的按摩浴池，现在正在积累经验，也在积累创业资金。

正当他憧憬在美好的创业梦想时，那边又有顾客在喊："五号，小彭！"他抬头一望，赶忙应声道："是张大爷啊，快了，还有两三分钟，请稍等。"

病多不压身

人家是艺多不压身，我是病多不压身。

年轻时从不知道什么是病，吃饭像猪，干活似牛，有点小毛病，头疼脑热，伤风感冒，顶一顶就过去了。45岁往后，身上的毛病就开始出来了，如果数一数，大大小小得有十来个毛病，人家赵子龙一身是胆，我呢，一身是病。老婆经常嘲笑我是：头顶长疮，脚底流脓——坏透了！

从上往下说吧，经常头晕。最严重一次是在海里游泳时突然头晕，两眼失明，说不出话，差一点上不了岸。原因是大脑供血不足，导致缺氧。

耳鸣，左耳是一年四季时时不断，好似蝉鸣，右耳是间歇状，时有时无，如同敲锣，如果同时响起，如同小型音乐会，颇为热闹。找过多家医院，均无良策，服过多种药物，毫无改观，好在不影响吃喝睡觉，就随他去吧。

接着是脖子，颈椎骨质增生，肌肉僵硬，疼痛难忍，时不时要去医院做做牵引，到按摩医院治疗一个疗程。说到原因，无非伏案过久，与电脑关系过密，可少了这两条，我就没了饭碗，孰轻孰重，我心里自然有数。

再往下是心脏，心速过缓，供血不足，还有早搏。时常心慌，胸闷，要按医生的话来说，不能劳累，不能剧烈活动，多卧床休息，可要老那么活着多没劲，当然，我也不以莽撞来装勇敢，以愚昧对抗科学，不效秋行春令，身上随时带着救心丹。

紧挨着是胆囊，里有结石若干，幸不常发作，我也不去理会，常与人开玩笑说，我若死后火葬，定能烧出一堆"舍利子"，可惜不是高僧，无人赏识。胆囊还有息肉，医生说，结石问题不大，息肉则有致癌可能，建议早早切除胆囊。我想，平素胆小，就屡屡被人讪笑，一旦切除，就成了无胆之人，苟延残喘之徒。

十人九痔，似过于夸张，我自然是九痔其中，而且是顽固性的内外痔混合。大夫说，此病要忌烟、忌酒、忌辛辣、忌刺激食品，可这些都戒了去，人生意趣减半，幸福指数降低，尽管如此，我还是谨遵医嘱。当然偶尔也会打打折扣，犯病时小心谨慎，没事时又成高阳酒徒，"会须一饮三百杯"。

人老先老腿，可我还不算老，两条腿就不大争气了。不知何时，膝盖处生出骨刺，行走尚可，一爬楼梯就痛得难受，须走走停停，歇几回才能上楼。可上班、回家，一天得爬几回楼梯，确实让我老人家英雄气短。

脚气就不多说了，那和上述诸症相比，就算不得病，无非每年春夏，痒痛难忍，行动不便。从未去过香港，却有一双"香港脚"，我冤枉啊！

虽然一身是病，但我自我感觉不错，依然活得很滋润，很潇洒，事业小有成就，工作驾轻就熟，家庭和睦温馨。究其原因，得益于良好心态，豁达胸怀，积极态度，科学精神。对待疾病，我的基本态度是：既来之，则安之，则忍之，则治之。人不可能不生病，有病不必大惊小怪，要坦然面对；医生不可能治好所有的病，那就要学会自己去忍，去顶。如果我们能做到积极锻炼，科学养生，饮食有道，动静结合，疾病就会少来光顾；再退一步说，即便已经有病染恙，有了达观态度和科学精神，做到"病多不压身"也并非笑谈。

每时每刻我们都是幸运的

  小区门口有个修鞋匠老冯，手艺不错，价钱也公道，我经常到他那里去修鞋。他有句口头禅：我太幸运了！你若能在他的小摊上坐十分钟，就能听他说几个"太幸运了"，似乎天底下的幸运事都给他了，幸运女神就是他老婆似的。其实，他的那些幸运事，平平淡淡，无足为奇，实在谈不上有什么幸运。

  他爱炒股票，小打小闹，身边却老放个收音机，边修鞋边收听着股票信息。忽而，"我太幸运了，每股赚了两毛钱！"忽而，"我太幸运了，每股只赔了三毛钱就卖掉了，要不然就套住了！"他是赚也幸运，赔也幸运，心态之好，让人嫉妒。

  有一次，他回家路上不慎把腿摔伤了，第二天又一瘸一拐地来干活了。别人问他，他乐呵呵地说："我太幸运了，摔伤的是腿，要是摔伤手就没法干活了。"似乎腿就不是他自己的，腿摔伤就不疼似的。

  我每当心情不高兴，无法排遣时，就到他的小鞋摊前坐坐，听他兴高采烈地谈着他的那些鸡毛蒜皮的"幸运事"，被他的欢快气氛所感染，萦绕心里的不痛快事也就慢慢风轻云淡了。

时间久了,我知道,他其实有个很不幸运的家庭。他是下岗工人,老婆没工作,身体也不好,风湿性关节炎,只能每天捡点废品补贴家用。两个孩子,大的有先天性心脏病,三天两头要往医院跑;小的刚上小学,因是外地人,要缴很高的赞助费。他的日子一直过得很紧巴,捉襟见肘,但挡不住他整天乐呵呵的。

由是我想,如果按冯鞋匠的标准,我们身边的幸运事那就太多了,可惜的是,我们往往生在福中不知福,把那些原本可称幸运的事,都视若不见,随随便便就放过去了。好像只有中了体彩500万元的大奖才叫幸运,可那种"小概率"事件,一辈子也未必能碰上一回。怪不得看着一些明明混得左右逢源,要钱有钱,要房有房的成功人士,却总是脸上阴沉沉的,好像世界上的倒霉事都让他碰上了似的。

人这一生,注定要遇到很多事,有好事自然也有坏事,有顺风顺水时,也有坎坷逆境时,快快乐乐是过,愁眉苦脸也是过,所以,还是应力争做一个乐观豁达的人,让"幸运"永远与我们同在。

俄国作家契科夫就是个非常乐观的人,他有一句名言:"如果你手上扎了一根刺,那你应该感到幸运才对,幸亏没扎在眼里。"美国总统富兰克林·罗斯福家中曾失窃,损失惨重。朋友写信安慰他,罗斯福回信说:"谢谢你的安慰,我一切都好,也依然幸福。感谢上帝,因为:第一,贼偷去的是我的东西,而没有伤害我的生命;第二,贼只偷去我部分东西,而不是全部;第三,最值得庆幸的是,做贼的是他,而不是我。"

生前一直在与病痛作斗争三十多年的作家史铁生,在众人看来,好像与幸运毫无关系,可是听听他怎么说的吧:"生病的经验是一步步懂得满足,发烧了,才知道不发烧的日子多么清爽。咳嗽了,才体会不咳嗽的嗓子多么安祥。刚坐上轮椅时,我老想,不能直立行走岂不把人的特点搞丢了?便觉天昏地暗,等又生出褥疮,一连数日只能歪七扭八地躺着，才看见端坐的日子其实多么晴朗。后来又患尿毒症，经常昏昏然不能思想，就更加怀恋起往日时光。终于醒悟：其实每时每刻我们都是幸运的，任何灾难前面都可能再加上一个更字。"

活在"唯一"适合生物生存的地球上——到目前为止，是我们的幸运；生而为人，也是我们的幸运；身体健康，有家有业，温饱有余，更应倍感幸运；生逢盛世，天下太平，免遭战乱流离之苦，得享和谐社会之福，我们真是太幸运了！

幸运就在身边，记住史铁生的话吧，其实每时每刻我们都是幸运的！

遇到你是我的缘

去西藏旅游的几天里，可能随团女导游正在恋爱，所以她在车上最爱播放一首歌的名字叫《遇到你是我的缘》，是藏族女歌手央金兰泽唱的。听的多了，耳熟能详，连我都会唱了，没事就哼哼几句："高山下的情歌，是这弯弯的河，我的心在那河水里游。蓝天下的相思，是这弯弯的路，我的梦都装在行囊中，一切等待不再是等待。我的一生就选择了你，遇到你是我的缘……"

这是一首典型的爱情歌曲，动人心弦，缠绵悱恻，说的是男女情缘。其实，如果广义理解，除了爱情是缘，人还有很多缘，友情是缘，亲情是缘，同事是缘，同学是缘，邻居是缘，朝夕相处是缘，一面之交也是缘，同舟共济是缘，萍水相逢也是缘。甚至竞争对手是缘，不共戴天的敌人也是缘。一句话，遇到你就是我的缘。

先说爱情缘。全世界有六十亿人，三十亿是异性，红尘滚滚中，我偏偏遇到你，和你相识相知相爱，一起走上红地毯，说是"百年修来同船渡，千年修来共枕眠"，那可一点也不夸张。因而，"小乔初嫁了"是缘，昭君出塞也是缘，敖包相会是缘，红娘牵线也是缘，都来之不易，理当珍惜，夫唱妇和，相濡以沫，最好能"慢慢地和你一起变老"。

再说友情缘。天下滔滔，人海茫茫，相识满天下，知己有几人？人一生能交上几个知心朋友，那是你的福分。管仲遇到鲍叔牙是缘，桃园三结义也是缘。俞伯牙遇到钟子期是缘，钟子期一死，俞伯牙从此再不抚琴，恨无知音啊！鲁迅结识秋白也是缘，性情孤傲的迅翁曾赠他一副对联："人生得一知己足矣，斯世当以同怀视之。"

同事是缘。"有缘千里来相会，无缘对面不相识"，同事，就是天南海北走到一起来，男女老少同干一件事，说不定会一个办公室坐几十年，一座宿舍楼住几十年，有的同事可以相处一辈子，甚至比夫妻在一起的时间都长。因而，同事之间，大可不必为一些鸡毛蒜皮小事耿耿于怀，更不可为可怜的鸡虫得失勾心斗角。还是理解万岁，友谊长存。

同学是缘。朋友可以更替，同事可以变换，甚至夫妻可以离异，但同学的身份一经认定，那可是一辈子的缘，多少年后，不论大家混得天差地别，往一块一坐，那还是同学。我曾见过一次毕业60年的同学聚会，那都是80岁以上的老人，尽管老态龙钟，疾病缠身，还是想方设法从全国各地聚到一起来了。一见面，还是亲热得无以复加，互相叫着当年在学校里起的外号，唱着当年最流行的歌曲，一个个激动得老泪纵横，真让人感慨。

有的缘是无意碰上的，有的缘是刻意求来的。在从西藏回来的火车上，我遇到一个来自上海的聋哑人，他看到我的一本书上写着我的名字，马上向我伸出大拇哥，并在纸上写道：你是作家，我读过你的很多文章，很喜欢。很让我有些受宠若惊，在这神奇的天路上，在万里之外的雪域高原，我居然会遇到一个忠实的读者，这不是缘分是什么？回到家后，我马上寄了自己一本新书给他，书的扉页题的就是这一句话："遇到你是我的缘"。

有的缘只有几分钟的生命,有的缘可地老天荒。缘来自有缘去时,一旦缘分尽了,也不必勉强,随缘最好。缘断时分,不要恶语相向,不要撕破脸皮,毕竟缘在时,曾经有过和谐亲密的好时光,在你生命中留下深刻的印记。保持一颗宽容的心,会让你再结善缘,绽开一张灿烂的笑脸,会让你再识佳友。

人来人往,潮涨潮落,何妨歌之咏之:"遇到你是我的缘"。

洗手

如今，幼儿园的娃娃都知道饭前、便后洗手。洗手，不知国人从什么时候开始养成习惯的。古人不懂得病从口入的道理，洗手并没有想洗去细菌的打算，只是为除去污秽，以显得不那么难看，所以大都是马马虎虎，敷衍了事。

当年我在农村插队时，因为洗手较勤，曾被批为"资产阶级习气"，后来洗手都要背着人，好像做贼似的。生产队长老郭，从来不洗手，吃东西前，最多用手在衣服上搓几把，就算完事了。一次，我亲眼看见，他用手捧起路上一堆牛粪送到田里，然后搓几下手，就接着吃烤红薯，还很热情地要掰一块给我，我赶忙谢绝说"一点也不饿"。

我的弟弟、妹妹都是医生，可能是职业习惯，对洗手特别重视。每次家庭聚会，看他们洗手，简直麻烦死了，手心、手背、指甲缝，都要反复用肥皂搓洗，然后再用清水冲洗好几分钟。我嘲笑他们是"小题大做，故弄玄虚"，他们反唇相讥我是"例行公事，自欺欺人"。

一个人不好好洗手，无非两个原因，或没条件，或不愿意。西北那些极度干旱的地区，吃水都困难得很，洗手自然也是很奢侈的事。中国第一个进入太空的女宇航员刘洋，在天上13天没有洗手，不光是飞船上的水很珍贵，还因为失重，根本无法用水来洗涤。回来后，第一次洗手时让自来水哗哗流在手上的感觉，都让刘洋感到无比的幸福，她足足洗了十分钟。

也有的人是拒绝洗手，即便有条件也不洗手，与洁癖相反，这可叫"脏癖"。最出名的有两个人，一个是好莱坞影星梦露，她看似艳丽无比，光鲜照人，其实脏到难以置信，很少洗手，更不爱洗澡。与她有染的几个著名男人，都在回忆中不约而同提到此事。一个是阿根廷游击英雄切·格瓦拉，他出身贵族家庭，却始终憎恨洗手、洗澡，孩童时代朋友给他起了个外号叫"猪猡"。后来在丛林里打游击，风餐露宿，那就更用不着洗手了。

洗手还有另一层意思，就是放弃以前长期从事的行业或某件事，譬如洗手不干。再早，还有金盆洗手之说，指某些黑道人物发财后准备改邪归正干正当行业，好汉侠客要退出江湖不再过问江湖是非等。

我有一个前上司，很有能力，政绩也不错，后来调到另一个单位任职。在他快退休时，没经得起诱惑，盖房子收了开发商两笔贿赂，有600万元。不久东窗事发，他被关进大牢。进去后的第一天，他就拼命洗手，洗了一遍又一遍，似乎这样就能洗清自己的罪过，不到半天，就用掉了一块肥皂。可是，事已至此，大错铸成，再洗也无法漂白，只有接受法律的制裁。

学会洗手，是人类一大进步，可以减少很多疾病的发生。中国医疗队到非洲抗击埃博拉疫情，干的第一件事，就是教会当地民众学会用肥皂洗手。而一个官员要远离腐败，拒绝诱惑，同样也要学会"洗手"，不沾污秽的钱财，不拿沾满"病菌"的好处，不受各种"政治微生物"的侵蚀，还要及时"收手"，悬崖勒马。否则，手不干净，把"病菌"吃进肚子，必然祸害全身，最后身败名裂，被扔进历史的垃圾堆里去。到了那时，别说是一天用一块肥皂洗手，就是一天用一箱肥皂洗手也无济于事了。

苦夏

世事多艰，难以尽欢，是故民间有伤春、苦夏、悲秋、畏冬之说。

一年四季，会给人带来不同感受，不论是春之百花盛开，夏之热火朝天，秋之硕果累累，冬之白雪皑皑，都是上天的赏赐，均值得好好享用。但平心而论，尽管春天是一年里最好的季节，可仍有人会见春花落泪，闻鸟鸣伤感，而在许多人都不喜欢的夏天，有点苦夏的感觉就没啥好奇怪了。

苦夏，顾名思义，即苦于过夏天。从肉体层面来说，苦夏就是由于天热气燥，导致胃口不佳，不思饮食，身体乏力等现象；从精神层面来说，就是害怕、厌恶夏天，盼着夏天赶快过完。

其实，夏天自有夏天的好处。在乐观主义者的眼里，一年四季都是好的。宋代黄龙慧开禅师有首名偈："春有百花秋有月，夏有凉风冬有雪，若无闲事挂心头，便是人间好时节。"富于哲理，朗朗上口，后传入民间，也常为人所引用。就说这"夏有凉风"吧，我就深有体会。记忆里，夏日割麦，弯着腰，一镰刀一镰刀割着看不到头的麦子，好不容易割到地头，队长一声吆喝：歇啦。大伙便纷纷来到大树下，喝着甘甜清冽的井水，阵阵凉风吹过，满身热汗陡然变凉，那个舒服惬意，无法描述。当然，夏天的好处还远不止这些，夏天物产丰盛，景色优美，生机勃勃，何苦有之？

　　孩子多半是不会苦夏的，因为夏天是孩子们的乐园，尤其是顽皮的男孩子，最好的回忆都在夏天。下河玩水是孩子们的至爱，而且天气越热越要去戏水，打水仗，捞鱼虾，比潜水，学狗刨。回到家里，有经验的父母见孩子腿上划出几道，就少不了一顿暴打。老实两天，禁不住玩伴儿的勾引，就又成了弄潮儿。扑蜻蜓、逮蚂蚱、抓螳螂、粘知了、捉蝎子、看蚂蚁打架，都是孩子们永远玩不烦的项目。夏天就这样不知不觉地过去了。

　　忙碌的人则顾不上苦夏。人若太闲，百无聊赖，就对天气变化格外敏感。而那些惜时如金、忙得无暇旁顾的人，却来不及发"苦夏"之喟叹。二月河写《康熙大帝》时，家里没有空调，蚊子又多，就找了两个罐子装满水放在书桌下，把两条腿泡在里面，一举解决了降温与防蚊两大难题。作家冯骥才也说过："我的写作一大半是在夏季。每每进入炎热的夏季，反而写作力加倍的旺盛。我想，这一定是那些沉重的人生的苦夏，锻造出我这个反常的性格习惯。我太熟悉那种写作久了，汗湿的胳膊粘在书桌的玻璃上的美妙无比的感觉。"

　　意志坚定的人，也能战胜苦夏之苦。南宋民族英雄文天祥的《正气歌》就写于苦不堪言的盛夏，而且是在条件更为艰苦的牢房里："此夏日，诸气萃然：雨潦四集，浮动床几，时则为水气；涂泥半朝，蒸沤历澜，时则为土气；乍晴暴热，风道四塞，时则为日气；檐阴薪爨，助长炎虐，时则为火气；仓腐寄顿，陈陈逼人，时则为米气；骈肩杂遝，腥臊汗垢，时则为人气；或圊溷、或毁尸、或腐鼠，恶气杂出，时则为秽气。"就在这极端恶劣的环境下，文天祥却能心骛八极，笔走龙蛇，浮想联翩，激

187

情澎湃,千秋不朽诗篇《正气歌》在闷热难耐的牢房里一挥而就,石破天惊,为中华民族的精神宝库里留下了不可多得的重器。今天仍是我们修身养性、培育正气的最好教材,每当我们读到:"天地有正气,杂然赋流形。下则为河岳,上则为日星……"时,不是会立刻感到胸中正气沛然而生,热血沸腾,心潮澎湃,情不自已吗?

春夏秋冬,各有风韵。夏天是生命最旺盛的季节,别让苦夏情绪坏了我们的心境。

"小鲜肉"和"腊肉干"

这两年,网络语言"小鲜肉"一词走红,意指文体界那些年轻、帅气的新生代男偶像。他们年轻气盛,颜值爆表,拥有众多粉丝。"小鲜肉"的反义词是"腊肉干",即那些过气的年老文体明星。如当年因主演《泰坦尼克号》而红极一时、帅气逼人的莱昂纳多,如今也成了满脸沧桑,沟壑纵横的"腊肉干"级人物。

平心而论,"小鲜肉"们因风华正茂,人气高涨,看不上"腊肉干",似也在情理之中。但春风得意之际,千万别忘记一个常识,人都是会老的,无论再不堪的"腊肉干"都是从活色生香的"小鲜肉"过来的,而再出色的"小鲜肉"也早晚有一天会变成"腊肉干",这是谁也挡不住的。唐《酉阳杂俎》记,某新科状元游街夸官,耀武扬威,不可一世,衙役清街驱散人群。路边一落魄老者不屑一顾地说,有啥了不起的,老子当年也这样威风过,再过三十年,你小子还未必混过我呢。因而,"小鲜肉"们可别得意忘形。

人生无常,祸福难料。"小鲜肉"们虽然八面来风,左右逢源,但弄不好也会阴沟翻船，平地摔跤。吸毒被拘的那些个明星里，就颇有几个"小鲜肉"，如柯震东、房祖名，先前多火啊，走到哪里都是鲜花掌声，粉丝尖叫，如今闹得灰头土脸，事业一蹶不振，人气一落千丈。

而"腊肉干"们虽然青春不再，但老有老的风采，老有老的长处，"腊肉干"队伍里的李雪健、葛优、陈宝国、陈道明等，如今仍是演艺圈里的大腕，演技炉火纯青，轻轻松松能把那些"小鲜肉"甩出几条街。

即便是久被冷落的"腊肉干"，只要抓住时机，说不定也会咸鱼翻身。当初好莱坞拍《教父》时，几个合适出演教父的演员都因故退出，已被闲置多年的"腊肉干"马龙·白兰度，意外获得这个机会。他的精彩表演，使影片大获成功，连连获奖，在美国电影协会评选的"百年百佳影片"中排名第二，他个人的演艺事业也梅开二度，再创辉煌，一直演到八十岁高龄。

"世界是你们的，也是我们的"，但各人活出什么水平，那就要看各自努力和拼搏程度了。"小鲜肉"们万千宠爱在一身，占尽天时地利人和，正是建功立业的大好时机，可别耽于搔首弄姿，卖弄风情。当影视演员的，扎扎实实演几个过硬角色，让大家记得住；当歌星的，努力唱几首音乐优美意韵温婉的歌曲；干体育的，多拿几块金牌，为国争光。在那些热闹有余内涵不足的综艺节目里跑跑跳跳，打打闹闹，或许能引起一片尖叫，混个脸熟，但古今中外，还没有听说谁能凭借这些成为文体名家的。

大千世界，芸芸众生，有人喜欢"小鲜肉"的生猛鲜活，秀色可餐；有人青睐"腊肉干"的内涵厚重，回味无穷，这就叫萝卜白菜各有所爱。但不管前者后者，都要有能力，有价值，有成就，有意蕴，这才有意义。

情敌

情敌,即因追求同一爱慕的对象而彼此发生矛盾、产生厌恶感的人。

古人把"杀父之仇,夺妻之恨"看得重于一切,那仇是非报不可的,哪怕豁出命来也在所不辞。因为,情敌,就是夺妻或夺未婚妻或夺女朋友的人,那是无法原谅的。所以,情敌们常闹得你死我活,势不两立。荷马史诗《伊利亚特》里,为了一个美女海伦,情敌们热热闹闹打了十年仗,死伤无数。小说《基督山伯爵》里,唐泰斯受到情敌弗尔南暗算,被打入死牢,未婚妻也被迫嫁与弗尔南。唐泰斯越狱后,想方设法进行复仇,终致弗尔南于死地。而在现实生活中,俄国大诗人普希金就死于与情敌丹特士的决斗,年仅三十八岁,殊为可惜。

民国时期,最著名的情敌,莫过于同时追求林徽因的梁思成与徐志摩。于风流倜傥上,徐志摩占了上风;于稳定扎实上,梁思成则更胜一筹。几经犹豫比较,最后,务实聪明的林徽因还是选择了能过日子的梁思成,毕竟,写诗换不来大米白面。

不过,失之东隅,收之桑榆。徐志摩虽然输给了情敌梁思成,却另辟蹊径，一举打败了新情敌王赓，收获了与京都名媛陆小曼的爱情。婚礼由胡适做介绍人，梁启超证婚，大出风头，举国轰动，也出了一口败给情敌梁思成的恶气。

情敌多是不共戴天，但也有个别化敌为友的，实为难能可贵。二十世纪三十年代初，瞿秋白丧偶后，与杨之华产生恋情，但杨当时还是有夫之妇，虽与丈夫沈剑龙关系早已破裂，但婚姻关系还在。瞿秋白就主动找沈剑龙谈判，难得的是二人一见如故，惺惺相惜，把问题谈透后，沈剑龙痛快同意离婚要求，并亲临瞿、杨婚礼祝贺。从此，瞿秋白和沈剑龙也成了好友，经常书信来往，写诗唱和。更有意思的是，沈剑龙送给瞿秋白一张六寸照片——沈剑龙剃光了头，身穿袈裟，手捧一束鲜花，照片上写"鲜花献佛"四个字，意即他不配杨之华，他把她献给瞿秋白。这也成了当时一段佳话。

如何击败情敌，靠执著，靠智慧，靠运气，靠金钱，靠死缠烂打，人各有秘诀。作家沈从文追求学生张兆和时，性情泼辣的张就曾讽刺他是"第十三号癞蛤蟆"，因为张兆和每天都能收到许多求爱信，与沈从文同时就有十二个情敌都在追张，或比他年轻，或比他英俊，或比他富有，或比他门第高。总之，沈从文无任何优势可言，张兆和也对为沈从文说情的校长胡适发狠话："我很顽固地不爱他。"可最后，锲而不舍、死缠硬打的沈从文居然打败了所有情敌，终于成了张家的乘龙快婿，张兆和也很"顽固"地爱了他一辈子，生儿育女，相濡以沫。

情敌，是物竞天择，适者生存这一进化规律在情场上的表现形式。情敌，可以使青年男女之间的关系变得错综复杂，也可以使人们的感情生活变得丰富多彩。所以，时下的文艺作品里就特别热衷于描述三角、四角、若干角的情敌关系，有的合情合理，譬如汤里加了胡椒面，喝的有滋有味，有的离奇邪怪，好比炒菜用了地沟油，令人十分反胃。有个讲楚汉之争的电视剧里，就把项羽与刘邦写成了情敌关系，二人不是争天下，而是在争美女，让人不知是该夸编剧"大胆求新"，还是该夸导演"敢想敢干"，但愿不是被人骂为"胡编乱造"。

　　输给情敌，会让人窝囊一辈子，想起来就耿耿于怀；赢得情敌，则会使人收获成就感，多少年后还会津津乐道。但不管赢输，既已过去，情分各有归属，姻缘各有所定，那就不必老是旧话重提，与你的伴侣过好日子，相濡以沫，荣辱与共，那才是最重要的。

几天没见

哲人说，人的一辈子只有三天：昨天、今天、明天。

老百姓爱说，几天没见，你胖了，他瘦了。几天没见，你发了，他赔了。这个"几天"，其实是虚指一段时间，可以是几天，也可以是几周、几个月，甚至是几年。

少年时，如朝阳出山。

小伙伴一见面，就会亲亲热热地拉着手说："几天没见，你高了，比我还猛，吃什么长的？"

或者："几天没见，你壮多了，脸上都有青春痘了，来，掰掰手腕。"

再或者："几天没见，你小子又换了个手机，牛啊。"

青年时，似红日高照。

朋友们一见面，便大呼小叫："几天没见，你又换女朋友了，艳福不浅嘛！给哥们介绍介绍经验"

或者："几天没见，你就发了，鸟枪换炮，连'大奔'都开上了，干什么这么来钱，别是抢银行了吧？""别胡扯，我这可是正经生意，今儿个没空,改日请你吃饭。"

再或者:"几天没见,你小子都当爹了,动作神速快赶上博尔特了,别是奉子成婚吧。说也是,你俩办事时,我瞅着弟妹那肚子就有问题。"

中年时,如日中天。

朋友见面时一拱手:"祝贺啊,几天没见,听说你又升官了,这岁数干上正处级的不多呀,照这速度,退休前整到正局级没问题,那可就是高干了。"

或者:"几天没见,您登月去了?啊,其实找您也没啥大事,我儿子考上大学,过两天请几个朋友聚聚,您也来啊。空手来就行,要是送红包我可跟你急呀!

或者:"几天没见,您可苗条多了,瞧我,都快像个汽油桶了,有什么减肥绝招,快给妹妹我支几招。"

再或者:"几天没见,那谁,就是二单元那个高胖子,听说被双规了,家里抄出好几百万,房子有十几套,还养着几个小蜜,平时他看着还挺老实的,真是识人识面不识心。"

老年时,日薄西山。

老伙计见了面,亲热寒暄:"几天没见,你也退了,想当初,你嫩得像棵葱,一掐直冒水,真是年龄不饶人啊!和我一起上老年大学吧,我正愁没伴呢。"

或者:"几天没见,你怎么就挂上拐棍了,咋地,中风了?那病可麻烦,头年我也犯过,幸亏抢救及时,算是没留下后遗症。病来如山倒,多保重吧。"

再或者:"几天没见,怎么人就没了,前些时我见他还好好的,身子骨比我还硬实,岁数比我还小,这人咋说不行就不行了,人生无常啊。也好,早死早托生,下辈子托生个好人家。"

人这一辈子,说长也长,说短也短,也就是若干个"几天没见",说悲观点,是见一面少一面,说乐观点,则是见一面就多一面。因而,咱们还是要善待生命,即老实做人,清白为官,正当发财,善自珍摄,保重身体,不论几天没见还是违睽数年,听到的都是彼此的好消息。

至于生老病死,既然"盈缩之期,不但在天",非人力所能操控,那我们就只好"养怡之福,可得永年"了。

学会自荐

毛遂自荐，是尽人皆知的典故。古往今来，人才要脱颖而出，不外乎两途：一是他荐，二是自荐。他荐，遇到伯乐，机会难得，抓住不放就是了。自荐，首先自己得确实德才兼备，其次要注意方法，还要把握时机，如果这三条都做到了，人家还是不理你，那他就是有眼无珠，胸无沟壑，犯不着跟他啰唆，改换门庭也就是了。只要是金子，到哪儿都发光。

自荐，必须有真才实学，拿得出真金白银才行。刘勰的《文心雕龙》，是中国文学理论批评史上第一部有严密体系的文学理论专著，但一开始却无人问津，默默无闻。刘勰在多次碰壁后，就想办法去找当时声名显赫的大文学家沈约自荐。沈约一开始并不在意，因为找他的人太多了，都需要排队，可看着看着，他被《文心雕龙》深深吸引了，认为此书"深得文理"，"颇有意趣"（《南史·刘勰传》），大加称赏。后来又常把《文心雕龙》放在几案上随时阅读，并向朋友大力推荐。经过沈约的称扬，刘勰名气暴涨，《文心雕龙》也很快在士林中传播开来。

自荐，方法方式也很重要，把握不好，事倍功半，甚至铩羽而归。唐代诗人崔颢很有才华，但不通人情世故，自荐方法欠妥，结果碰了一鼻子灰。他投献《古意》给朝中炙手可热的户部郎中李邕自荐："十五嫁王昌，盈盈入画堂。自矜年正少，复倚婿为郎。舞爱前溪绿，歌怜子夜长。闲来斗百草，度日不成妆"。诗以夫妇关系设喻，但二人年辈、名望、身份地位都颇为悬殊，因比拟不当，被李邕怒斥"小子无礼"，崔颢也为此付出了沉重代价。他虽才华横溢，但终生未得大用，要不是一首《黄鹤楼》，他几乎被人遗忘了。

自荐，须有自知之明，知道自己能吃几碗干饭，自大瞎吹只能自取其辱。吴佩孚当大帅时，掌握着半个中国，找他自荐的门生故旧不计其数，他虽念旧，但并不随意给人官做，要看你是否挑得起大梁，负得起责任，是不是那块材料。有个政客曾在别处为官，政绩不佳政声亦糟，托关系来自荐，想到河南谋官。报告呈上，吴佩孚大笔一挥曰："豫民何辜？"意思是河南百姓有什么过错，竟要这样的人来祸害。他有个志大才疏、夸夸其谈的老同学，得知他帐下有一旅长空缺，便来信自荐，大谈抱负志向后，说"愿为前驱，功成解甲退居故里，植树造林福泽桑梓"云云。吴佩孚批示："且先种树。"

自荐，要有勇气和胆识，不怕失败，拒绝犹豫。美国现任总统奥巴马，就是个非常善于自荐的人。2002年秋，在伊利诺州议会当了6年参议员的奥巴马，怀着理想去见新上任的州参议院民主党领袖琼斯。他对琼斯说："你现在的权力可大有作为了。"琼斯问："如何作为？"奥巴马说："你可以为美国新添一位国会议员，而这个合适的人选就是我。"一番交谈后，琼斯被他的自信与坦率打动了，就助了他一臂之力，不仅帮他成了国会议员，而且在以后的大选中也坚决支持他，帮他最终当选了美国第一个黑人总统。

"千里马常有，而伯乐不常有"，如果你真是千里马而无人推荐时，不妨学学毛遂自荐。自荐不丢人，恰恰是自信的表现，也是对自己人生负责。自荐需要勇气，更需要智慧；需要胆识，也需要技巧；需要雄心，也需要耐心。学会自荐，就等于为自己打开了一道成功之门；善于自荐，就好比火箭升空时多了一个助推器。毛遂自荐，改变了一个国家的历史；刘勰自荐，推出一本千古名著，你我为何不能通过自荐来改变命运？当然，前提是你一定得是人才！

稀释痛苦

一个小和尚家中遇到不幸,十分痛苦,久久不能解脱,每天都很消沉。老和尚让他到集市买回一袋盐,舀了一勺盐放进一碗水里,让小和尚尝,小和尚说"咸得发苦";又舀了一勺盐放进一盆水里,让小和尚尝,小和尚说"还有一点咸味";又舀了一勺盐放进大水缸里,再让小和尚尝,小和尚说"一点咸味也没有了"。老和尚开导他说,痛苦就像这一勺盐,如果你的胸怀只有一碗水那么大,就会痛苦不堪,难以忍受;而你的胸怀如果能有一个大水缸那么大,痛苦就要小得多,因为痛苦被稀释了。

古人说"不如意事十之七八",痛苦是我们经常遇到的事。失恋、破财、生病、事业失败、升职受挫、高考落榜、下岗失业、亲人去世等等,每件事都能让我们感到痛苦。有的人反应强烈,哭天喊地,欲死欲活的;有的人就比较冷静,能控制自己的感情,承受力较强,情绪也没那么大的波动。差别之一就在于胸怀,有人心胸只有一个碗那么大,一点痛苦就让他觉得无法忍受,痛不欲生;有人心胸有一个大水缸那么大,再大的痛苦在他那里也被稀释了。

毛泽东的儿子毛岸英牺牲在朝鲜战场，听到这个噩耗，他当然是很痛苦的，老年丧子，是人生一大悲痛。但他想到的是同样还有成千上万的志愿军烈士，想到的是"要奋斗就会有牺牲"，想到的是保家卫国的大局，所以，沉默良久后，他十分平静地说，谁叫他是毛泽东的儿子呢？不仅如此，他还以博大的胸怀，竭力开导失去丈夫的儿媳，并力主把毛岸英的遗体同其他牺牲的烈士一样安葬在朝鲜。

事业同样也可以稀释痛苦。水稻专家袁隆平年轻时，曾有过失恋的痛苦。1956年，袁隆平与一位年轻女教师双双坠入爱河，但在反右斗争中，有人贴了批判袁隆平的大字报，他险些被划为"中右"。在强大的政治压力面前，那位姑娘退却了。30岁的袁隆平陷进了失恋的痛苦之中。但他没有因此而沉沦，而是把全部精力投入到教学和科研中去，用紧张的工作来稀释失恋的痛苦。3年后，不仅他的事业有了良好的进展，同时也收获到了爱情的果实。妻子既是他生活的伴侣，又是他事业的助手，伴随他一路风雨，一路辉煌。

时间更可稀释痛苦。我们可能都有这样的体会，距离越近的痛苦，感受越强烈，时间越久远的痛苦，感觉越淡漠，有的甚至渐渐被淡忘了。所以，面对痛苦，我们一定要善于安慰自己，相信时间是治疗所有痛苦的最好药物，时间能稀释一切痛苦，这里需要的是耐心和等待。痛苦难挨之时，我们不妨背背普希金的名诗："假如生活欺骗了你，不要悲伤，不要心急，忧郁的日子里需要镇静。相信吧，快乐的日子将会来临。心儿永远向往着未来，现在却常是忧郁，一切都是瞬息，一切都将会过去，而那过去了的，就会成为亲切的回忆。"

佛家有云，人生就是来受苦的，生老病死之苦，饥寒交迫之苦，战乱灾荒之苦，生离死别之苦，不一而足。痛苦将会与我们伴随一生，但这没什么了不起，关键是我们不要被痛苦所击倒，要学会稀释痛苦，战胜痛苦，毕竟人生还有那么多幸福时光，还有那么多美好有趣的事情，可别因为一点痛苦就坏了我们的好心情啊。还是莎士比亚说得好："适当的悲哀可以表示痛苦的深切，过度的伤心却只能证明智慧的欠缺。"